찬란하지 않아도 별일 없이 산다

문학공감 도서출판

찬란하지 않아도 별일 없이 산다

초판 1쇄   2020년 11월 27일

지은이   어현
발행인   김재홍
디자인   김다윤, 이근택
교정·교열   김진섭
마케팅   이연실

발행처   도서출판 지식공감
브랜드   문학공감
등록번호   제2019-000164호
주소   서울특별시 영등포구 경인로82길 3-4 센터플러스 1117호 (문래동1가)
전화   02-3141-2700
팩스   02-322-3089
홈페이지   www.bookdaum.com
이메일   bookon@daum.net

가격   13,500원
ISBN   979-11-5622-539-3 03810

CIP제어번호   CIP2020044420
이 도서의 국립중앙도서관 출판예정도서목록(CIP)은 서지정보유통지원시스템 홈페이지
(http://seoji.nl.go.kr)와 국가자료공동목록시스템(http://www.nl.go.kr/kolisnet)에서 이용
하실 수 있습니다.

문학공감은 도서출판 지식공감의 인문교양 단행본 브랜드입니다.

원하지 않은 삶과 마주친 사람들에게

찬란하지 않아도 별일 없이 산다

어현 에세이

문학공감

프롤로그

사는 일이란 게 거기서 거기라고 하지만 삶을 받아들여 풀어내는 방식은 다양하고 무수히 많습니다. 무수히 많은 사람들 안에는 그들만의 사연과 이야기가 털어놓지 못한 속사정처럼 감춰져 있습니다.

삶은 대개 원치 않은 것과 마주치기 쉽게 만들어져 있습니다. 그렇다고 그냥 손 놓고 있을 수는 없습니다. 우리에게는 행복할 권리도 있지만 행복할 의무도 있습니다.

의무를 다하려면 삶을 마주보는 용기가 필요합니다. 등 돌리지 않고 마주 보는 삶은 누추하고 험하지만 진솔한 교훈이 있습니다.

원하지 않은 삶과 마주치며 얻은 깨달음은 전부 나쁜 일도 없고 전부 좋은 일도 없다는 스스로를 향한 위로였습니다.

세상 한구석에는 여전히 원하지 않은 삶과 마주친 채 살아가는 사람들이 있습니다. 그런 삶이 좋으냐 나쁘냐 하는 얘기가 아니라 마주친 삶을 어떻게 받아들이고 풀어나가느냐가 문제일 것입니다.

세상에 스승 아닌 것이 없고 배울 것 없는 고통은 없습니다. 고통 속에는 분명 숨은 가르침이 있고 그 가르침을 발견하는 것은 자신의 몫입니다.

행복도 느닷없이 튀어나오는 것이 아니라 불행을 거름 삼아 피어나는 것이고, 불행 역시 행복 속에 숨어 있을 것입니다.

산 구비를 넘을 때 길모퉁이를 돌아갈 때 여울목을 건너갈 때 수만 갈래로 흩어지던 상념들을 하나하나 꿰어 보았습니다. 개똥 같은 생각들을, 어줍지 않은 깨우침을 벽돌 한 장 한 장을 쌓아 올리듯 쌓았습니다. 거창하고 엄청난 것이 아니라 작은 구슬을 꿰듯 흩어진 것들이 모여 삶이라는 줄기가 되었습니다.

일상으로 보는 하늘, 바람, 아이들, 개와 고양이, 흔한 꽃들, 무심히 들리는 피아노 소리처럼 가볍게 흘러가는 것들 뒤에는 단단한 알맹이들이 숨어 있습니다. 그 알맹이들을 모아 한 올 한 올 꿰었습니다.

시간이란 실로 일상이란 레이스를 떴습니다. 아름답고 요긴하게 쓰일 레이스가 되길 빌며 상을 차립니다.

차 례 · · ·

제1부

··· 꽃길에서 앨리스와 마주칠 줄 누가 알았나

불행이 없다면,
고통이 없다면,
아픔이 없다면,
쓴맛이 없다면 행복을,
행복한 감정을
진정 소중하고
귀하게 여겼을까.

그
녀
석
의

경
지

가족모임이 끝난 것은 저녁식사를 마친 어스름한 시각이었다.

동생네 식구들을 배웅하고 대문으로 들어섰을 때 비로소 '상식이'의 존재를 생각해 냈다.

'상식이'는 몇 년 전부터 우리 집에서 기르는 순수한(?) 믹스견이었다. 속 모르는 사람들은 녀석의 이름을 듣고 늦둥이라도 낳았나 의아해하지만 '상식있게 살자'는 뜻에서 붙인 이름이었다.

처음엔 녀석의 뒤치다꺼리가 달갑지 않았지만 낯선 사람과 식구들의 발소리를 가려낼 만큼 영리한 짓을 하자 슬슬 마음이 끌리기 시작했다.

사람을 만물의 영장이라고 하지만 그 말은 사람들이 만들어 낸 말이지 실상 개들의 세계에서 본다면 사람은 한 수 아래 동물일지도 모른다. 식구들의 기척을 알아채거나 눈빛만으로도 저에 대해 호의적인지 적대적인지 아는 것을 보면 눈치코치 없는 사람보다 나아 보일 때가 많았다. 더구나 식구들과 마주칠 때마다 사랑의 콩깍지가 씐 연인들이 이보다 더하랴 싶게 달콤하고 감격적인 애정표현에 중독이 되어갔다.

그런데 가족모임이 있던 그날 동생네가 이름만 대면 다 아는 종자의 근사한 개를 앞세우고 들어왔다. 그 개는 상식이와 다르게 실내에서 사람들과 함께 살았다. 사람이 쓰는 침대며 소파를 쓰고 고급스런 개집에서 고급 사료를 먹는다고 했다. 그래서인지 낯선 사람 앞에서도 주눅 들지 않고 거만하고 품위 있게 굴었다.

한껏 모양 나게 털 손질을 한 듯 깔끔하고 멋스러웠고 회색 털 색깔에 어울리는 은색 체인 목걸이를 흔들며, 마당에서 어슬렁거리는 상식이 정도는 안중에도 없다는 듯 거만한 눈길을 주곤 집안으로 들어와 당연하다는 듯 식구들이 모여 앉은 상 앞에 한 자리를 차지하고 앉았다.

거실로 들어와 버젓이 한 자리를 차지한 동생네 개를 보고 '상식이'는 숨이 끊어질 듯 그악스럽게 짖었다. 마당에서 천방지축 뛰놀며 개 같은(?) 대접을 받는 '상식이'에겐 상상도 할 수 없는 일이 눈앞에 펼쳐진 것이다.

세상에 개가 '상식이'밖에 없는 줄 알고 귀여워하던 우리 식구들도 동생네 개에게서 눈을 떼지 못한 채 짖어대는 녀석을 향해 야단을 쳤다. 그 개를 보는 순간 상식이는 귀찮고 거추장스러운 존재가 된 것이다.

추우나 더우나 마당 한구석 흔한 개집에서 아무거나 주는 대로 먹는 녀석과 우아한 자태를 뽐내는 동생네 개는 아무리 같은 개라도 똑같이 대할 수 없었다.

녀석은 식구들의 변심을 눈치채기라도 한 듯 더욱 극성을 부렸다. 분에 못이긴 듯 거실로 올라오려고 발버둥 쳤고 식구들은 평소와 다른 녀석을 위협하며 곧 때릴 것처럼 악을 썼다. 제 식구라고 믿었던 사람들의 돌변한 태도에 꼬리에 불이 붙기라도 한 듯 마당에서 안절부절 못했지만 아무도 녀석에게 눈길을 주지 않았다. 식구들의 마음은 이미 멋진 동생네 개에게 빠져 있었다.

그렇게 하루가 끝날 무렵이 되어서야 동생네 식구들이 돌아갔다.

손님들을 배웅하고 대문으로 들어서며 그제야 혼란스런 꿈에서 깨어난 듯 달려드는 녀석이 보였다. 녀석은 늘 하던 대로 꼬리를 말아 올려 부채처럼 흔들어 댔고 혓바닥을 날름거리며 당장이라도 얼굴을 핥을 기세였다. 사람도 하루에 몇 번씩 마주치면 꼬박꼬박 인사를 하는 게 귀찮은 일인데 녀석의 애정표현은 매번 살가웠다.

동생네를 보내고 돌아서 녀석과 마주친 순간 다른 때처럼 선뜻 녀석을 받아들일 수 없었다. 조금 전 녀석에게 했던 매정한 짓들이 뒤통수를 치는 것 같았다. 속내를 들킨 것 같아 공연히 머뭇거렸지만 녀석의 눈빛은 변함없는 애정으로 꿀이 떨어질 듯했다.

나는 상식이의 앞발을 양손으로 맞잡으며 녀석의 눈동자를 한

동안 응시했다.

녀석이 사람이었다면… 아니 나였다면 어땠을까 하는 생각이 들었다. 제 기분대로 쓰다듬어 주고 제 기분대로 밀어내고 그러고도 아무렇지 않아 하는 인간을 나라면 마주치고 싶지 않았을 것이다.

그럼에도 불구하고 다른 이에게 받은 티끌만 한 상처는 가슴 밑바닥에 비수처럼 간직한 채 가장 큰 고통을 받은 양 엄살을 떠는 나 같은 인간을 녀석은 여전히 반겨주었다.

사람 틈에서 살자면 자신의 뜻과 관계없이 다른 이에게 상처를 주기도 하고 혹은 받기도 하는 게 일상이라지만 내가 준 상처보다는 받은 상처를 더 오래 간직하고 있던 게 사실이었다.

가족이란 이름으로 아무렇지 않게 거친 말을 했고 가족이니까 배려하지 않아도 된다고 여긴 일들이 허다했다. 남들에게는 더 배려하고 더 공손하게 대하면서도 가족들은 함부로 대해도 된다고 생각했다.

가까운 사람들에게 받은 상처는 쉽사리 낫지 않았다. 남이 그랬다면 그냥 넘겼을 일들이지만 가깝기 때문에 더 용서할 수 없었다. 남이라면 대수롭지 않은 일도 가까운 사람들이기 때문에 더 견디기 힘든 일들이 어디 한두 가지이겠는가.

가족이기 때문에 함부로 하고 가족이기 때문에 용서 못하는 이상한 관계가 가족 아닌가.

지금껏 이렇게 건강하게(?) 버틸 수 있었던 것은 사람들에게 받았던 크고 작은 상처를 이겨냈기 때문인지도 모른다. 상처를 이기

려고 상처를 보란 듯이 이겨내는 인간이 되려고 기를 썼다.

솔직히 말하면, 상처 준 사람들을 후회하게 만들려고 오기를 부렸던 게 사실이었다. 어리석다는 것을 알면서도 어리석은 오기를 던져버릴 수 없어서 어리석은 인간일 수밖에 없었다.

내 상처, 내 아픔, 내 고통, 내 자존심을 다른 것보다 가장 위에 올려놓았다. 눈에 잘 띄지 않는 깊숙한 곳에 꽁꽁 얼려놓고 언제든지 해동시켜 원래의 상태로 만들 준비가 되어 있었다.

상대를 이해 못 한다고 해서, 상대로부터 받은 상처가 엄청나게 크다고 해서 그 시간을 도려낼 수 없다는 것을 머리로는 알지만 감정은 따라오지 않았다.

그리고 보면 용서란 인간의 몫이 아닌 듯했다. 누가 누구를 용서하고 용서받을 수 있을까.

상처도 일방적인 것만은 아니었다. 부풀려질 대로 부풀려진 상처는 분명 상대에게 독을 뿜어냈을 것이다. 상처 난 부분은 썩고 썩어 다시 주변을 썩게 하는 게 당연하지 않은가. 내 상처의 독이 상대의 어느 곳에 흠집을 냈으리라.

상처를 만지거나 볼 수 있다면 어떤 모양일까 상상하곤 했다. 아마도 양날을 가진 칼이 아닐까 하는 생각을 했다. 자신도 베게 하고 상대도 다치게 하는 그런 모양이 아닐까.

손바닥 뒤집듯 마음을 바꾸는 인간을 나는 죽었다가 깨어나도 녀석처럼 받아들일 수 없을 것 같았다.

녀석의 무구한 눈빛을 아주 가까이에서 들여다보았다. 저 녀석

정도만 될 수 있어도 크고 작은 아픈 기억들을 한순간 지워버릴 수 있을 테지만 살아 있는 동안 저 눈빛을 닮을 자신이 없었다.

무릎에 턱을 괸 녀석의 머리를 찬찬히 쓰다듬었다. 녀석은 가느스름하게 눈을 뜬 채 나를 그윽이 올려다보았다. 마치 내 밑바닥을 헤아리기라도 하듯 눈 안으로 들어와 있었다.

순결한 눈망울에는 한 줌의 미움이나 분노도 남아 있지 않았다. 녀석의 털 사이로 손가락을 밀어 넣어 더운 체온을 느껴본다.

그리곤 나에게 되물어 본다.

사는 동안 녀석의 경지에 오를 수는 있겠느냐고.

골라 먹는 ─────

재미가 있다?

⋮

아이스크림 선전이었던 것 같다.

서른한 가지의 아이스크림을 입에 맞는 것만 골라 먹을 수 있다고 했던 것이. 먹기 싫은 것은 안 먹어도 되고 맛있는 것만 골라 먹으라고 유혹했다.

이 선전 문구를 대할 때마다 딱히 꼬집어 설명할 수 없는 감정에 싸이곤 했다.

삶의 순간순간도 자신의 입맛대로 고를 수 있다면 합리적이고 효율적일 것 같은 생각이 들었다. 하기 싫은 일, 마음에 내키지 않는 일은 하지 않아도 된다면 시행착오나 쓸데없는 감정의 낭비도 줄어들 테니 사는 일이 얼마나 경제적으로 돌아가겠나 싶었다.

얼마 전에 아는 이의 전화를 받았을 때에도 그런 생각을 했었다.

오랜만에 안부 전화가 와서 시간 가는 줄 모르고 수다를 떨었다. 한참을 반가운 마음에 시시덕거리는데 말 사이로 묘한 소리가 규칙적이고 반복적으로 끼어들었다. 처음에는 흔한 잡음이라고 여겼는데 의미도 뜻도 알 수 없는 정체불명의 그 소리가 두 사람의 대화 사이를 날이 선 도끼로 내리치고 있는 듯 거북스럽게 가로막았다.

거북스러운 소리가 느껴지면서부터 수다스럽던 말소리가 머뭇거려졌다. 상대도 이런 내 기분을 눈치챘는지 이내 어눌한 말투로 속사정을 털어놓았다.

'사실은 지금 친정에 와 있는데… 친정엄마가 편찮으셔서 아무래도….'

생이 얼마 안 남은 듯하다며 지인은 조금 전 반가움으로 들떠 있던 목소리와 다르게 죄인처럼 웅얼거렸다.

'어제 밤새도록… 얼른 떠나시라고… 빌다 울다 그랬어….'

한껏 소리를 낮춘 지인은 곧 울음보가 터질 것처럼 떨리는 음성이었다.

몇 마디 더 물으면 정말 울 것 같아 말을 잇지 못하는데 지인은 오히려 담담히 말을 이었다. 아무래도 노인의 생은 가망이 없을 것 같고 살은 이미 욕창이 생겨 곧 뼈가 드러날 것 같다며 울먹거렸다. 그래서 어젯밤에도 어서 떠나시라고 빌었다는 거였다.

대화 사이에 끼어들던 그 외마디가 바로 노인의 비명이었다는 것을 알자 조금 전 밝았던 마음이 갑자기 터널 속으로 들어온 듯 갑갑했다.

전화를 끊고도 그 외마디가 귓가에서 떠나지 않았다.

그 외마디는 뜨거운 것에 살을 데었을 때 놀라 지르거나 돌발적인 충격을 받고 저도 모르게 튀어나오는 아주 원초적인 비명이었다. 이런 비명도 처음 당하는 순간 튀어나오는 것이지 한 고비를 넘고 나면 비명보다는 신음이 될 거였다.

하지만 휴대전화 속에서 들려오는 오는 노인의 소리는 신음이 아니라 비명이었고 자신이 낼 수 있는 가장 높은 음으로 마치 절벽에서 떨어지는 자의 마지막 절규처럼 가슴 가운데를 뻥 뚫고 지나갔다.

죽음으로 가는 고통이라면 뼈를 깎거나 절벽에서 뛰어내리는 것보다 더하면 더하지 덜하지 않으리라.

풀잎에 맺힌 이슬처럼 부질없는 것이 목숨이라지만, 때론 모질고 질긴 게 사람 목숨이라고도 하지 않던가. 노인의 명이 얼마나 남았는지 누가 알 수 있으랴.

노인의 비명이 이명처럼 맴돌 때마다 나 역시 어서 좋은 곳으로, 고통 없는 곳으로 날아가시라고 어줍지 않은 기원을 했었다.

그렇게 며칠이 지난 어느 날 그 소식을 듣게 되었다.

사실 소식 앞에 어떤 소식이라는 귀띔을 하고 싶지만 반갑다고 할 수도 안됐다고 할 수도 없어서 마침내 노인이 숨을 거두었다는 소식이라고밖에 말할 수가 없었다.

아무리 어서 떠나시라고 빌었다지만 죽음을 잘 되었다고 말하기는 어려웠다. 그저 처절한 고통에서 벗어났으니 그나마 다행이라고밖에 할 말이 없었다.

잡다한 일상사와 겹쳐서 노인의 장례식에 참석할 수 없었기에 식구를 대신 장례식에 보내고 나서도 노인의 절박한 비명이 내내 귓가를 맴돌았다.

노인의 장례식은 겨울이라고 부르기가 무색할 정도로 따사로운 겨울날이었다. 파란 하늘이며 볼을 스치는 바람이며 눈앞에 아른거리는 햇살이 어느 봄날 하루를 빌려온 듯 곱고 보드라웠다. 다급한 일이 아직 남았지만 번지를 잘못 찾아온 겨울 속 봄날을 그냥 보낼 수 없어 공원으로 향했다.

햇살을 받은 잔디는 곧 연둣빛을 뿜어 올릴 듯 아른거렸고 잠시 올려다본 하늘은 지난 가을이 두고 간 선물처럼 푸르고 높았다. 겨울인데도 아이들이 뛰놀고 있었고 까르르 울리는 웃음소리가 팽팽한 하늘로 날아가 부딪혔다. 해바라기 하는 나무들 위로 작은 새들이 날아갔고 벤치에는 한 쌍의 남녀가 소곤거리고 있었다.

문득 노인이 생각났다.

공원 풍경과 아무런 연관도 없는 노인이 떠올랐다.

어서 떠나라고 빌었다는 지인의 말과 사력을 다하는 노인의 비명이 넓은 공원으로 울려 퍼지는 것 같았다. 그러자 마음속에서 작은 속삭임이 들렸다.

이렇게 아름다운 것들을 노인은 영영 볼 수 없겠구나.

따사로운 햇살이며 가슴을 설레게 하는 푸른 하늘이며 봄이면 되살아나는 어린 싹이며 입을 앙다문 꽃망울이며 아이들의 투명한 웃음소리며… 어지러운 세상에서 그나마 살맛 나게 하는 것들을 영원히 볼 수 없게 된 거였다.

하지만 이내 다른 목소리가 들렸다. 고통에서 벗어났으니 다행이지. 다행이야. 그 말에 고개를 끄덕거렸다. 아무리 아름다운 것들을 볼 수 있다고 해도 그 고통을 계속 지고 갈 수는 없겠지.

고통도 겪지 않고 아름다운 것도 볼 수도 있다면 얼마나 좋을까. 누구든 바라는 것이겠지. 노인도 그랬을 거였다. 하지만 세상의 규칙에 모두 '다'는 없고 그렇게 원한다고 되는 것도 아니었다.

원하든 원하지 않든 인간사의 여정은 자신의 의지와 무관하게 결정되었다. 삶이나 죽음처럼 엄청나게 중요한 결정과 선택에 자신의 뜻은 반영되지 않았다.

골라 먹을 수도, 골라 먹지 않을 수도 없는 게 이승의 밥이었다. 내 입에 맞는 반찬은 물론이거니와 내가 진저리치게 싫은 것도 군말 없이 먹어 내야 그 속에 간간이 씹히는 차지고 부드러운 맛을 볼 수 있었다. 아주 간간이 아주 조금씩 아주 잠깐씩 찾아오는 달콤한 맛을 볼 수 있는 거였다.

우리가 그토록 갈구하는 행복이란 게 실상은 만지거나 볼 수 있는 것이 아니라 마음으로 느낄 수 있는 막연한 감정일 것이다. 불행 역시 그럴 것이고.

이런 감정들은 남극이나 북극처럼 멀리 떨어져 있는 것이 아니라 비빔밥 속에 섞인 나물처럼 혹은 씨줄과 날줄처럼 서로 얽혀 있을 거였다. 그래서 기쁘고, 슬프고, 화나고, 때론 불행하고 때론 행복한 감정들이 씨줄과 날줄처럼 교차하며 삶이라는 천을 짜내는 것일 터였다.

불행한 감정 역시 삶이라는 천을 짜는데 한 올의 역할을 하는 거라면 불행감에 시달렸던 시간들이 조금 덜 억울할지도 모를 일이다. 씨줄에 불행한 느낌이 있다면 날줄에는 행복한 느낌이 엮일 거라는 희망을 가져 볼 수도 있을 테니까.

노인은 육신의 고통에서 벗어난 대신 세상의 아름다움을 볼 수 없게 되었다.

아직 살아있는 자들은 아름다운 것을 아름답게 느낄 수 있지만 아픔, 슬픔, 쓰라림도 감당해야 했다.

만약 세상의 법칙이 그 서른한 가지의 아이스크림처럼 자신의 행과 불행을 고를 수 있다면 사람들은 진정 행복했을까.

불행이 없다면, 고통이 없다면, 아픔이 없다면, 쓴맛이 없다면 행복을, 행복한 감정을 진정 소중하고 귀하게 여겼을까.

산과 들은 바뀔지언정 사람은 바뀌지 않는다고 믿었다.

물론 지금도 여전히 그 개똥같은 믿음에는 변함이 없다. 뼈아픈 연유가 있었던 것은 아니지만 나도 모르는 새 내 머릿속에 들어와 똬리를 튼 생각이었다.

언제부터인지 사람은 쉽사리 바뀌는 동물이 아니라는 생각을 갖게 되었고 나를 비롯한 모든 사람들을 여기에 포함시켰다.

시어머님과 수십 년 넘게 동거(?)하고 있는데 어머님 역시 바뀌신 것 같지 않았다. 얼굴과 몸은 달라져도 마음은 변하는 게 아니니까 그리 놀랄 일도 아니었다.

내 기대(?)를 저버리지 않고 쉽게 바뀌어 주지 않으시던 어머님

께서 근래에 큰일을 겪으셨다. 갑자기 눈이 어두워지기 시작했고 결국 한 눈은 실명했고 나머지 눈도 흐린 세상을 헤매고 있다.

여러 군데의 병원을 돌고 서너 번의 수술을 거쳤지만 안 되는 일은 안 되었다. 어머니의 실망도 대단했지만 동거녀(?)인 나의 부담감도 적지 않았다.

솔직히 말하면 어머니가 어두운 세상을 살게 되었다는 안타까움보다 그 일로 내가 불편해지는 게 더 큰 일이었다. 어차피 착한 며느리가 아니므로 뻔뻔한 고백을 하자면 그렇다.

어머니가 입원해 있는 동안 매일 병원으로 출근하며 생전 안 하던 짓(?)을 하게 되었다. 온몸이 쑤신다는 어머니의 몸 구석구석을 주무르고 머리를 빗겨 드리기에 이르렀다. 지금껏 착한 며느리의 대열에 서 보지 못한 내가 해서는 안 되는(?) 착한 짓을 하게 된 거였다.

어느 자리에 가도 눈에 띄게 출중한 외모라 곁에 있는 사람을 자동으로 무수리化 해 버리기 일쑤이고 개성이 강한 성격 덕분에 (?) '그래 저 정도면 나의 스승 될 자격이 있지'라고 인정할 수밖에 없었다.

내 삶의 무겁고 어두운 부분을 차지하고 있는, 그래서 늘 아프고 쓰려서 덮어두고 싶은 관계였다. 하지만 어머니야말로 스승으로 모시기에 손색이 없을 만큼 지독하고 가혹한 분이셨다.

물론 지독하고 가혹해야만 스승 될 자격이 있다는 것은 아니었다. 자애롭고 온화한 스승도 많이 있지만 어차피 그런 스승을 만나지 못했으니 가혹하기라도 해서 강제로라도 나를 훈련시키는 데 도움이 될 거라고 스스로 위안했다.

가혹한 시련, 참을 수 없는 모멸, 차디찬 냉기 그리고 나를 제일 괴롭혔던 것은 돈이면 사람의 마음이라도 살 수 있다고 믿는 그 굳건한 믿음이었다.

이런 쓴맛을 보여준 어머니야말로 스승으로 부족함이 없었다. 지난 얘기니까 멋을 부려서 하는 말이기는 하지만 '나를 괴롭히는 사람이야말로 나의 스승 될 자격이 있다'는 생각은 '사람은 바뀌지 않는다'는 생각과 함께 내가 주절거리는 개똥철학의 백미라고 폼을 잡곤 했다.

수술이 거듭되면서 어머니는 마치 급한 일을 치르기 위해 서두르는 사람처럼 달라졌다. 닳아빠진 수세미처럼 볼품없는 머리며 화장기 없는 얼굴, 꾸부정한 허리 그리고 보기 흉하게 움푹 들어간 한 눈은 마치 극과 극으로 펼쳐질 다른 삶을 예고하는 듯했다.

의무적으로 어머니와 겸상하는 날이 많아졌다. 아이가 처음 숟가락질을 할 때처럼 반찬을 놔 드리고 멀리 있는 찬은 앞으로 밀어놓아서 손 가기 쉽게 해야 했다. 어머니가 부르면 달려갈 수 있는 거리에 있어야 했고 계단을 오르내리거나 위험한 물건이 있는 곳을 지나칠 때는 어머니의 손을 꼭 잡아야 했다.

착한 며느리가 아닌 내가, 착한 마음이라고는 먹어 본 적이 없는 내가 이런 일을 하고 있는 거였다. 이런다고 내가 달라진다고 생각지는 않았다. 이런다고 어머니가 달라질 거라고 믿지도 않았다.

어머니의 손을 자주 잡아야 하고, 눈에 안약을 조심스럽게 떨어뜨려야 하고, 시간마다 먹는 약을 챙겨 드리며 새삼스럽게 느낀 것은 이 모든 일들이 어머니와 처음 해 보는 일이라는 거였다.

손을 잡고 서로의 체온을 느끼는 일, 갑자기 내리는 비에 다정한 연인처럼 팔짱을 낀 채 한 우산을 쓰고 걸어야 하는 일, 반찬을 놔드리는 일 등등 모두가 첫경험이었다. 어머니에게 닥친 불행이 나와 어머니 사이의 쑥스러운 첫경험을 만들어 준 거였다.

하지만 그렇게 한다고 어머니와 내가 다른 기질을 가진 사람으로 바뀌게 될 거라고는 애당초 기대하지 않았다. 그렇게 생각했다면 쉽사리 개똥철학도 하지 않았을 것이다. 나도 성깔이 있다면 있는 사람인데 손 좀 잡았다고, 팔짱 좀 끼었다고 나와 어머니가 설마 사귀게(?) 되겠는가. 어머니와 나는 쉽게 가까워질 사람들이 아니었다.

나는 굳건하게 나의 철학을 유지하고 있었다. 그런데 예기치 않았던 신입개똥 철학(?) 하나가 어느 날 아침 불쑥 고개를 들더니 백미라고 믿었던 '산과 들은 바뀔지언정 사람은 바뀌지 않는다'는 개똥철학에게 도전장을 내밀었다.

며칠 전 밤 열한 시쯤에 어머니가 갑자기 입덧하는 사람처럼 포도를 찾았다. 냉장고에는 준비된 복숭아, 토마토, 바나나, 자두가 있었는데 하필 준비되지 않은 포도를 찾다니.

젠장 꼭 모르는 문제만 골라서 시험에 나온다더니. 잠든 척할 수도 없고 도리 없이 밤 열한 시를 넘긴 시각에 가출한 아줌마처럼 밤거리로 나갔다. 집을 나오기는 했으나 그 시각에 포도를 사겠다고 밤거리로 나가는 짓도 어이없지만 그 시각에 포도를 팔려는 사람이 있다면 누군지 모르지만 어이없는 짓을 하는 거라 여겼는데 그 어이없는 상황이 어이없게 벌어진 거였다.

막 문을 닫으려는 과일가게를 발견했고 허겁지겁 달려갔는데 마치 효부 스토리를 만들기 위해 급조된 이야기처럼 포도를 사게 되었다.

포도를 어머니 앞에 대령하니 조금 전 먹고 싶다고 하시던 거와 달리 시큰둥한 표정이었다. 그 사이 입맛이 변한 거였다. 사 온 성의를 생각해서 마지못해 먹는다는 식으로 포도 몇 알 뜯어 잡수시더니 포도를 잘못 사 와서 시다며 얼굴을 잔뜩 찡그리며 돌아누우셨다. 마치 포도를 권한 사람은 나이고 자신은 포도 따위 먹고 싶지 않았는데 억지로 먹였다며 타박하는 듯한 눈빛이었다.

뭐 하러 포도를 사러 뛰어나갔나 한심한 생각이 들어 맥이 풀리는 기분이었다. 착한 며느리와는 담을 쌓고 살았는데 안 하던 짓을 하니 동티가 난 모양이었다. 새삼스럽게 착한 며느리 흉내라니. 불쑥 사람은 바뀌지 않는다는 말이 다시 고개를 들었다.

이런다고 사람이 바뀌겠는가. 사람은 쉽게 바뀌는 종자가 아니라고 하지 않았던가. 이 말을 다시 되새기며 잠이 들었다.

다음 날 새벽잠이 깨는 것과 동시에 어젯밤의 일들이 파노라마처럼 펼쳐졌고 마지막 장면에 불쑥 새로운 개똥철학이 등장했다.

'이 세상에 장담할 일은 아무것도 없다. 관 속에 들어가기 전까

지는….'

이 신입개통과 '사람은 쉽게 바뀌지 않는다'는 기존개통이 충돌하는 상황이 벌어졌다. 두 개통을 연결시켜 보면 '사람은 바뀌지 않는다. 그런데 세상에 장담할 일은 없다.'

뭔가 이상하다. 세상에 장담할 일이 없다는 개통을 받아들이면 사람은 바뀔 수도 있다는 말이 되었다. 굳건히 믿고 있던 '사람은 바뀌지 않는다'는 기존 개통철학이 흔들리는 상황이었다.

이럴 때는 경험상 두 개 중 하나를 선택하는 게 안전했다. 하지만 사람은 바뀌지 않는다는 기존 개통철학을 버릴 수가 없었다. 어쩌나. 오락가락 망설이는데 두 가지를 두루뭉술하게 뭉뚱그려 애매하게 만들어 버리면 좋을 것 같았다. 기특하게도 어디에든 써먹어도 별 무리가 없는 말이 생각났다.

'인간 세상에서 벌어지는 일 만큼 알 수 없는 일은 없다.'

지금껏 씨불였던(?) '사람은 변하지 않는다'는 개통철학도 살려주고 뒷마무리도 멋있게 할 수 있는 말 같았다. 이 말이 더 내 맘에 들었던 것은 되지도 않는 논리에서 헤매고 있는 나를 품위 있게 구제해 주었기 때문이었다.

인간 세상에서 벌어지는 일 만큼 알 수 없는 일은 없다. 흐흠… 볼수록 마음에 들었다. 사람은 쉽게 바뀌지 않지만 관 속에 누울 때까지 장담할 일도 없으니 '인간 세상에서 일어나는 일 만큼 알 수 없는 일은 없다'로 겨우겨우 꿰어맞추어 놓고 흐뭇한 미소를 지었다.

나와 어머니의 관계도 인간 세상에서 벌어지는 일처럼 누구도 알 수 없고 사람은 쉽게 바뀌는 존재가 아니지만 세상에 장담할 일도 없었다.

물에 그리다

:

‘공주 쌀’ 상회와 ‘영아식품’ 앞에 철길 동네 사람 서넛이 모여 이제 막 부려놓은 배추 무더기를 바라보며 수다를 떨었다.

이삼일에 한 번씩 ‘공주 쌀’ ‘영아식품’에 배추가 들어오는 날이면 골목 어귀는 이상스런 분주함과 어수선함으로 술렁거렸다.

쌀과 반찬을 판다고 하지만 간단한 밑반찬이나 김치를 담가 파는 게 고작인 가게였다. 그 여자는 오늘도 재빠르고 민첩하게 배추를 다듬었다.

골목 안 사람들은 나이 육십을 코앞에 둔 그 여자를 파파노인부터 코흘리개까지 ‘영아~’라고 불렀다. 어떤 이들은 ‘공주’라고 부르기도 하는데 한때 공주 쌀 상회를 했던 영아의 남편이 살아 있을 때를 기억하는 사람들이었다. 공주 쌀 상회는 영아의 남편이 하던 쌀 가게인데 남편이 죽은 후에는 간판만 남은 채 비어 있었다.

이젠 '공주'보다 '영아'가 골목 사람들에겐 훨씬 친근했다. 가게 안을 기웃거리다가 그저 떠돌이 개를 부르듯 '영아~' 하고 부르면 검고 주름진 '영아'가 사람 좋은 웃음을 흘리며 바람처럼 나타났다.

그녀의 형편으로 보아 웃을 일이라고는 한 푼어치도 없을 것 같지만 언제나 웃는 얼굴이었다. 골목 사람들은 속상한 일이 생기거나 어려운 일에 부딪힐 때마다 영아에게 하소연했고 영아는 그저 말없이 들어 줄 뿐이었다.

특별히 위로의 말이나 조언을 하는 것도 아닌데 영아에게 말을 하고 나면 사람들의 마음은 이상스럽게 위로가 되었다. 대체 무엇이 사람들에게 위로가 되는 것인지 딱 꼬집어 낼 수 없었지만 그랬다.

그 동네 그 골목 거기에 그 가게가 문을 연 이후로 '영아~'는 산더미같이 많은 배추를 다듬고 절여 김치 만드는 일을 끊임없이 되풀이했다. 때문에 배추를 만지는 '영아~'의 손놀림이 떡을 써는 한석봉 어머니만큼 익숙해 보였다. 누군가 그런 '영아~'를 보고 손이 저울처럼 정확해지지 않았느냐고 물었다.

"그랬으면 좋으련만… 지랄도 하면 는다는데, 난 늘 어설퍼."

다른 사람들이 보기에는 익숙해 보이는데도 영아는 계면쩍게 웃으며 말했다.

영아식품 건너편 사무실에서 영아의 모습을 바라보던 여자가 혼 잣말처럼 중얼거렸다.

"옛날로 돌아갈 수만 있다면…."

혼자 하는 말이었지만 옆자리에서 컴퓨터 모니터를 들여다보던 남자에게 들린 모양이었다.

"좋죠. 서른 살쯤이면…."

남자의 대꾸가 가볍고 허무하게 사라졌다.

"서른 살? 난 그때보다 훨씬 젊은… 아니, 어린 때였으면 좋겠어 요. 아무것도 시작하지 않았던 때 말이에요."

여자는 아침 내내 배추를 절이는 '영아~'를 유리창을 통해 바라 보았다. 영아도 자신이 하루 종일 배추를 절이며 살게 될 거라는 것을 알지 못했을 것이다. 추우나 더우나 밖에 나와 배추를 절이 며 소금물에 손이 갈라져도 저 일을 그만둘 수 없었을 것이다.

애나 어른이나 동네 강아지 부르듯 불리는 영아에게 시간을 되 돌려 보라고 한다면 어디로 갈까.

남자는 여전히 모니터를 뚫어져라 쳐다보고 있었다. 아무래도 남자는 여자의 말을 귀에 담을 것 같지 않았다.

여자는 다시 창밖 '영아~'를 보았다. 아무것도 시작하지 않았 던 때라.

아무것도 시작하지 않았던 때라면 어느 때 무엇이 시작되었다 는 말이었다.

무엇이 시작된 것인가.

생명이 시작되었던 것도 아니고, 사업이나 공부도 아니고 연애를 시작했나…? 기억의 갈피를 넘겨보지만 사랑에 빠지는 횡재를 만나지는 못한 것 같았다.

그렇지. 사랑을 만난다는 것은 분명 횡재인데 여자에게는 딱히 그런 횡재는 없었다.

그러면 그때 무엇이 시작된 거지.

살아가면서 생기는 일에 예고편이나 작전타임이 없듯이 삶의 시작을 알리거나 끝마치는 종소리 역시 없었다. 사는 일이란 몹시 불친절하고 무질서하고 불규칙했다.

시작이나 끝도 없이 언제 어느 때 날아올지 모르는 행과 불행 사이를 맨몸으로 지나가고 있는 거였다. 애초에 삶이라는 줄기 속에서 시작이라거나 끝을 알리는 표식이나 신호들이란 물에 그리는 그림처럼 부질없는 짓은 아닐까.

공주 쌀 상회를 하던 영아의 남편이 느닷없는 죽음을 맞이했을 때에도 운명은 영아에게 신호탄을 보내지 않았을 거였다.

누가 죽든 살든 하루의 모양이나 틀은 판에 박힌 듯 그대로 움직였을 터였다.

무엇인가 시작되었다고 믿었던 아주 오래전 그 어느 순간도 실상은 여느 날과 다름없이 나른한 한나절이었을 것이다.

그때 그 일이 시작된 것이 아니라, 그때 그런 일이 있었던 것뿐이고 그 전부터 고리를 만들어 오거나 그 후로 오래도록 잡다한 일들이 아귀를 맞추거나 맞물려진 것이니 새삼스럽게 시작이니 뭐니 할 것도 없었다.

하지만 여자는 때때로 어느 때 무엇이 시작되었다고 믿고 싶어졌다. 무엇이 시작되었다고 믿게 되면 그 무엇이 끝나는 순간을 떠올릴 수 있기 때문이었다.

"어디부터 시작하고 싶은데요…"

모니터에 바짝 얼굴을 들이댄 채 남자가 여자의 상념을 툭 건드렸다.

영아는 배추 절이는 일을 대강 마치고 허리를 펴는가 싶더니 이내 파를 다듬기 위해 추녀 밑에 퍼질러 앉았다. 저 일이 끝나면 또 다른 일이 영아를 기다릴 것이다. 영아의 일은 무저갱의 그것처럼 끝이 없어 보였다.

철길을 끼고 있는 그 동네를 떠올리면 으레 골목 어귀를 지키고 있는 '공주 쌀상회'와 '영아식품'이 떠올랐다. 낯익은 그림에 찍힌 낙관처럼 '공주'와 '영아' 그리고 '영아~'의 검고 주름진 얼굴이 골목 풍경과 겹쳐졌다. 풍경의 일부이거나 풍경의 전부처럼 선명했다.

'영아'가 언제부터 거기서 그 일을 시작하게 되었는지 기억하고 있는 사람은 없었다. 어쩌면 '영아' 스스로도 기억하지 못할지도 모를 일이었다. 설령 기억하고 있다고 해도 그리 중요한 일은 아니었다. 중요한 것은 '영아'가 고단한 삶을 여전히 견디어 내고 있다는 거였다.

어디부터 시작하겠느냐는 남자를 말에 여자가 망설였다.

'아무것도 시작되지 않았을 때부터'라고 생각했지만 말이 나오지 않았다. 무엇이 언제부터 시작된 것이고 무엇이 언제 끝날지 모르기 때문이었다.

영아는 철길이 있는 그 골목길에서 여전히 김치를 담그고 있었다. 애든 어른이든 영아라고 부르면 강아지처럼 달려 나와 사람들의 하소연과 푸념을 들어주며 희미하게 웃곤 했다. 그저 들어 주기만 할 뿐인데 사람들은 이상스럽게 영아와 이야기하면 위로가 되곤 했다.

그들은 자신보다 못해 보이는 영아의 초라한 삶에 안도하고 있었다. 영아를 바라볼 때마다 사람들은 속으로 되뇌었다.

영아 같은 사람도 사는데 뭐.

양철지붕위의 고양이 ― 전차에 탄 뜨거운 욕망이라는 이름의

: :

　사람이 살아가는데 이리도 많은 잡동사니와 허섭스레기들이 필요하다는 게 놀라웠다.

　집수리를 하거나 살림을 옮길 때 집 틈바구니에 은신(?)해 있는 필요한 듯 필요 없는 살림살이들을 보며 사람들의 밑바닥에 들끓는 다양한 욕망과 마주하는 것 같았다.

　결핍과 무지가 실상은 집착이나 욕심에서 나오는 게 아닐까 생각하곤 했다. 무엇인가 부족하고 모자라다고 느끼기 때문에 사들여 쌓아놓다가 결국은 쓰레기로 버려지게 만드는 것 아닐까 싶었다.

　아무리 현명한 사람이라도 자신의 앞날을 볼 수 없게 되어 있는

삶이라는 구조에 채워도 채워지지 않는 허기가 겹쳐서 집착이 나오는 것일지도 모른다.

사람은 모두 죽는다.

이 만고불변의 명제가 뒤바뀔 리 없지만 이 명제를 매일매일 되새기기는 어려운 일일 것이다. 자신 앞에 위급한 순간이 닥치기 전까지 죽음은 강 건너 불처럼 막연하게 느껴질 테니까. 노모 역시 그랬을 것이다.

누구의 개업식인지 기억도 나지 않는 수십 년 된 개업식 수건이며 선물 받고 한 번도 입지 않은 채 유행이 지나버린 속옷 세트, 크고 작은 가방, 구석구석 박힌 알록달록한 이태리타올, 만병통치약에 가까운 호랑이발톱 연고, 일제 동전파스, 뚜껑을 열자마자 온 집안을 한약방 냄새로 초토화시키는 정로환, 요란한 목단꽃 무늬의 밍크 담요, 지금은 쓰지 않는 동그란 베개, 두껍고 얇은 이불들, 옷장을 가득 채운 철철이 다른 옷가지들⋯ 손가락 발가락을 총동원해서 세도 다 셀 수 없는 외 다수의 물건들이 노모의 방을 점령하고 있었다.

사람이 쓰는 공간보다 물건이 더 넓은 자리를 차지한 셈이었다. 사는 동안 이 물건을 치우자고 권하기도 하고 달래기도(?) 했지만 노모의 태도는 완강했다.

"이거 살 때 얼마나 비싸게 주고 산 건데?"

"이거는 나중에 쓰려고 아껴두고 있는 거야."

쓸 데가 있어서, 쓸 데가 있을지 몰라서, 나중에 쓰려고, 안 쓰지만 비싼 물건이라, 처음 살 때 좋은 거라 버릴 수 없어서 등등 물건을 쌓아둔 노모의 이유는 그 방을 점령(?)한 물건의 양 만큼 다양하고 많았다.

이런 가지각색의 이유 중에 공통된 이유는 어느 때인지 모르지만 쓰일 날이 올 거라는 거였다. 그렇지 않고서야 그렇게 집요(?)하게 모아둘 리 없을 테니까.

언젠가… 그 언젠가가 언제였을까.

자신의 앞에 놓인 생도 모르는데 언젠가가 언제인지 알 수 없는 게 당연했을 것이다. 확실한 거라고는 아직 오지 않은 미래의 어느 날이라는 거였다. 그런데 그 언젠가가 다가오기 전, 아니면 미래의 '언젠가'로 달려가던 중 종착역에 닿은 것이다.

더는 갈 수 없습니다. 여기가 끝입니다.

계획대로라면 '그 언젠가'가 종착역 전이어야 했는데. 그래야 저 쌓인 물건들을 쓸 수 있었을 텐데 노모의 예상이 빗나간 것이다.

노모의 삶뿐이랴 누구든 빗나가고 스쳐가고 어긋나는 게 일상이고 딱딱 맞아 떨어지는 게 오히려 이상할 지경 아닌가.

불행은 피해 가고 행운과 운명적으로 만나고 싶지만 신기하게도 불행이 내 길을 알고 먼저 와서 기다리거나 행운은 내 예상을 비웃기라도 하듯이 제멋대로 진로를 바꾸기 일쑤였다.

그나마 이런 행과 불행의 만남조차 다행이라면 다행인 거였다. 쓰건 달건 살아 있는 동안 겪을 수 있는 것들이니 호사라면 호사였다. 빠르게 달리던 기차가 갑자기 종착역에 급정거하는 날이

오면 지금까지의 계획이며 예상들이 어젯밤 꾸었던 꿈처럼 허망해지는 거니까.

아무리 빈틈없이 앞날을 계획하고 나중을 기약해 보지만 계획과 기약이 이루어지고 말고는 인간의 의지 밖이었다.

생에 대해 누구에게도 뒤떨어지지 않을 만큼 강한 집착을 보였던 노모였다. 다른 노인들이 흔히 말하듯 '얼른 죽어야지' 하는 인사치레성 거짓말조차 쉽게 뱉지 않았다. 그런 말에 노모는 오히려 발끈 화를 내며 '나는 죽어도 죽고 싶은 생각은 없다'며 '얼른 죽어야지'라고 말하는 노인을 이상하다며 손가락질하곤 했다.

어쩌면 노모의 죽고 싶지 않다는 그 말이 다른 노인들의 말보다 더 솔직한 것인지도 모른다. 염치없는 노인으로 비칠까 싶어 입 밖에 내지 못하는 말을 노모는 거침없이 뱉곤 했다.

노모는 자신이 행동하거나 말을 할 때 다른 사람의 눈치를 보지 않았다. 하고 싶은 말을 참는 법이 없었다. 주변 사람들이 어떤 감정이든 상관하지 않았다. 그 사람들의 감정을 노모가 신경 써야 할 이유가 없다고 생각했다. 노모는 자신만 생각하면 되는 사람이었다.

노모의 죽음이 마치 급류에 휩쓸리듯 숨 가쁘게 달릴 거라고 아무도 짐작하지 못했다. 몸에 좋다는 건강식품이며 음식을 골고루 챙겨 먹는 것은 물론이었고 수시로 병원에 드나들며 검진을 받았고 그 나이면 흔히 나타나는 만성 질환조차 없었기 때문이었다.

아무리 병원을 다니며 자신의 몸을 파악하고 점검했지만 시름시름 이유 없이 아프기 시작했다. 그러면서도 그 징조가 죽음이라고 생각하지 않았다. 설마 그런 일이 노모에게 일어날 리 없다고 생각했다. 왜 그렇게 생각했는지 돌아보면 어이없는 자만이었다.

큰 병원에 가니 이미 병이 깊어진 상태였다. 진단을 받고 난 후에는 낭떠러지로 떨어지듯 급속도로 병이 진행되었다. 속절없다는 말은 이럴 때 쓰는 것인가. '죽어도 죽고 싶지 않다'던 노모에게도 어김없이 죽음이 온 거였다.

진정 우리에게는 자신의 인생을 계획할 권한이 있었던가. 아무도 우리에게 그런 권한을 준 적도 없고 받은 기억도 없는데 스스로 만든 허상을 믿은 거였다.

태어나고 늙고 병들고 죽는 과정 역시 원해서 된 게 아니었다. 신을 믿는 사람은 신의 뜻이라고 할 것이고 운명을 믿는 사람은 운명 때문이라고 할 것이다. 무엇 때문이든 우리는 수험생처럼 던져진 문제를 지혜롭게 풀 자격밖에 없었다. 어떤 문제가 어떻게 나올지 알 수 없고 떨어질지 붙을지도 알 수 없었다.

저마다의 인생에 주어진 '언젠가'는 막연하고 불확실했다. 불확실한 것을 확실하다고 믿으며 여기까지 온 거였다.

쓰레기가 된 노모의 물건들처럼 나 역시 수많은 잡동사니를 끌어안고 있었다. 물건뿐이랴. 마음속에 버리지 못한 욕망, 분노, 미움, 노여움들이 산처럼 쌓여있었다. 사람이 살 공간보다 허섭스레기가 더 많은 공간을 차지하고 있던 노모의 방처럼 내 마음도 그랬다.

언젠가 언젠가 하며 끌어안고 있다가 그 언젠가가 다가오기 전에 뜨거운 양철지붕 위의 고양이처럼 쩔쩔매다가 욕망이라는 이름의 전차에서 내리는 날이 올 것이다.

버릴 물건들 틈에는 한 번도 써 보지 못한 것들도 있었다. 그 물건을 살 때만 해도 지척에 와 있는 죽음의 기척을 눈치채지 못했다. 서슬도 닳지 않은 새 물건이 천덕꾸러기가 되어 버려질 줄 누가 알았으랴.

멀쩡한 물건이 쓰레기가 되는 것처럼 조금 전까지 숨을 쉬는 '생'이지만 다음 숨이 돌아오지 않으면 나무토막처럼 굳어 버린 '사'가 되는 거였다.

집 안을 차지하고 있는 구질구질한 잡동사니들처럼 마음속에도 '언젠가' 해결할 묵은 감정들이 쌓여있을 터였다. 그런 감정들 역시 제때에 버리지 않으면 감정 쓰레기를 끌고 저 세상까지 가야 할지도 모를 일이다.

삶
에
대
한
예
의

:
:

얼마 전 어느 가수의 인터뷰를 보게 되었다.

'언더'에서 활동하는 신인인데 곱씹어 볼 만한 내용의 노래를 부른다고 입소문이 난 가수였다. 요즘처럼 돈이나 인기를 좇아가는 세상에 자신이 추구하는 음악만 따라간다는 게 쉬운 일이 아니었다.

이웃집 청년처럼 수수하게 생긴 외모에 말솜씨도 있는 편이라 매력이 있었다. 사회자가 앞으로의 계획에 대해 물으니 재미있는 일만 하며 살고 싶다고 했다.

요즘 성공한 사람들에게 성공 비결을 물으면 대개 일이 재미있어 열심히 하다 보니 잘하게 되었다고 하는 걸 종종 듣게 된다. 자기가 좋아하고 흥미 있는 일을 하면 자연히 잘하게 되고 성공하게 된다는 얘기였다. 공감이 가는 말이었다.

재미있고 좋아하는 일을 열심히 하지 않을 사람이 어디 있으랴. 어릴 적부터 밤낮없이 공부하고 또 공부하는 이유도 실상은 좋아하고 잘 하는 것을 알아가는 여정이라 말해도 지나치지 않을 것이다.

한평생을 살아도 자신이 무엇을 좋아하는지 모른 채 생을 마감하는 사람들이 수없이 많은 세상에 자신의 성향을 알아낸 그 젊은 가수는 성공적인 시작을 한 게 분명했다.

흔히 '집에서 논다'고 말하는 전업주부의 삶도 육아에서부터 잡다한 청소며 식구들의 입맛에 맞는 음식을 만드는 전문적인 기능까지 종합적이고 다양한 분야를 섭렵하지만 자신이 좋아하는 일인지 되짚어 보는 사람은 그리 많지 않을 것이다.

뿐만 아니라 가사노동이라는 것을 그저 놀며 하는 간단한 집안일이라고 생각하는 사람이 대부분이었다. 하지만 살림이 좋아서 하는 사람도 있지만 적성에 맞지도 않고 하기도 싫지만 어쩔 수 없어서 하는 사람도 있었다. 집안을 꾸리고 살려면 누구든 살림을 맡아야 하기 때문에 도리 없이 하는 경우였다. 살림이 적성에도 맞고 재미도 있다면 좋겠지만 선택의 여지가 없이 떠맡겨지기도 했다.

가사노동은 24시간 쉼이 없는 일이었다.

예전 난방이 연탄불이었던 시절에는 연탄불을 갈 시간을 놓칠

까봐 맘 편히 잠을 잘 수도 없었다. 시어른이 계실 때는 아이들이 방학을 해도 늦잠을 잘 수 없었고 늦게 귀가하는 식구를 위해 잠 못 든 채 기다릴 때가 다반사였다.

하지만 누구도 이 일에 대해 미안해하거나 고마워하지 않았다. 살림을 하는 사람이라면 으레 그래야 한다고 생각했다.

가사노동이란 게 회사의 일처럼 성과가 드러나는 일이 아니었고 눈에 띄는 업적도 없었다. 그 일을 하던 사람이 없어져서 살림이 뒤죽박죽되어야 불편해하는 정도였다.

가사노동뿐 아니라 직장 생활을 하는 사람들도 비슷한 경로를 겪는다. 말단으로 시작해서 윗사람의 눈치를 보며 전전긍긍하다가 조금 올라가면 좀 더 윗사람의 심기를 살피며 내가 무엇을 잘하는지 무엇을 좋아하는지 생각해 볼 틈 없이 쫓기듯 살아내기에 급급했다.

수십 년 이렇게 살다보니 태엽을 돌리기만 하면 돌아가는 로봇처럼 머리로는 다른 생각을 하면서도 몸은 자동으로 그 시간과 장소에서 움직였다. 어제 그제와 같은 오늘 그 시간에, 작년 재작년과 같은 절기의 올해에 뻔한 행사와 익숙한 일들이 내 손을 기다리고 있었다. 잠시라도 소홀히 하면 표가 나는 재미없는 일상이었다.

그런데 참으로 재미없는 이 일이 정녕 무가치한 것일까.

물론 살림을 하기 때문에 식구들이 편하게 돈을 벌고 자기계발을 할 수 있다고 보면 그들의 발전에 한몫하고 있는 것은 분명했다. 하지만 그것은 꼼꼼히 따져봐야 아는 일이고 대부분은 그냥 넘어가기 마련이었다.

이렇게 말하면 살림이라는 게 아주 지겹고 쓸모없는 일처럼 보이겠지만 나름 뿌듯한 기분이 들 때도 있다.

따뜻한 방에서 자고 일어나는 식구들의 윤기 흐르는 얼굴을 보거나 깨끗하게 청소를 마치고 정갈한 식탁에 앉아 차 한 잔을 마실 때나 옷가지를 빨아 눈부신 햇살 아래 널어놓았을 때 알 수 없는 뿌듯함이 밀려오곤 했다.

하지만 이런 일들이란 게 어느 정도 살림에 숙달이 되고 난 후에나 만끽할 수 있는 소소한 즐거움일 것이다. 처음 살림을 하게 되면 잘 하지도 못하고 어떻게 해야 되는지도 모르니 그 맛이 무엇인지도 모를 것이다.

맛없는 과정을 거치고 난 후에야 살림의 맛이란 것을 알게 되는 거였다. 어릴 적에부터 이 일을 해야겠다고 마음먹었다면 별문제가 없겠지만 그렇지 않다면 재미없는 과정을 견뎌내기가 만만치 않을 것이다.

누구든 어릴 때는 자신의 앞날에 어머어마한 일들이 기다리고 있을 것이고 자신은 중요한 어떤 인물이 될지도 모른다는 막연한 상상을 했을 것이다. 말 그대로 막연한 상상이지 특별한 재능이나 재주가 있었던 것은 아니다. 아니, 그런 것이 있는지 없는지 시도나 시험을 해 볼 틈도 없이 어른이 된다.

즐거운지 재미있는지 생각하지 못한 채 판에 박힌 듯 돌아가는 일상에 놓이게 되는 거였다. 살림을 하게 된 사람뿐 아니라 직장에 들어간 사람들도 그 일이 내 적성에 맞는지 아닌지 따질 겨를이 없다.

적성을 따지기 전에 점수에 맞는 학교에 들어가고 내가 회사를 선택하기보다는 회사가 선택해 주는 대로 사회생활을 시작하는 게 보통 사람들의 과정이었다.

그 젊은 가수처럼 자기의 적성을 알아내지 못한 채 떠밀리듯 일터로 내몰렸다.

일상이란 참으로 신기했다. 한 번 올라타기가 어렵지 올라타기만 하면 마치 컨베이어벨트에 올라간 것처럼 쉽게 내려올 수 없다. 때론 회전목마를 타고 있는 것 같은 기분이 들기도 했다. 목마는 내 의지로 돌아가는 게 아니었다. 내리고 싶다고 내릴 수 있는 게 아니고 목마가 멈춰야 내릴 수 있다.

내가 좋아하는 일인지 재미를 느낄 만한 일인지 따져 본다는 것은 나를 중심으로 여유 있게 생각해 본다는 의미이리라. 하지만 좋아하는 게 무엇인지 잘 할 수 있는 것은 어떤 것인지 자신에게 친절하게 물어볼 만큼 느긋할 겨를이 없다.

그렇게 하려만 충분한 시간이 필요하고 다양한 경험을 할 수 있어야 하는데 삶이라는 시간표는 다음 시간을 재촉했다. 다음 순서로 넘어가지 않는 사람들에 대해 세상은 호의적이지 않을 뿐 아니라 게으르다고 비난하기까지 했다. 핑계처럼 들리겠지만 재미있는 것, 좋아하는 것만 하며 살 수 있다면 그런 사람들이야말로 진정 행운아일 것이다.

재미있고 하고 싶은 일을 해야 잘한다는 얘기는 분명 한 거 같은데 이와 반대로 열심히 하다 보니 어느새 잘하게 되었고 재미도 느끼게 되었다면 이건 잘못된 건가?

재미있어야 한다는 전제 이전에 먼저 열심히 해 보는 것은 어떨까. 무엇이든 한번 해봐야 그 일을 알 수 있고 그 안에 숨겨진 진가를 맛볼 수 있는 게 아닐까.

재미있는 일을 찾아내서 성공을 거둔 사람들이야말로 행운을 거머쥔 경우라면 재미없는 일조차 열심히 끈질기게 이뤄낸 사람이야말로 삶의 진수를 맛본 거라 말하고 싶다.

좋아하는 일을 한 사람들에게 빛나는 성공이 있다면 의무와 책임을 견뎌낸 사람의 등 뒤에는 스스로를 향한 대견한 미소가 있다.

삶이라는 선물 상자에는 달콤한 사탕만 있는 것이 아니다. 맛있는 것은 누구나 쉽게 잘 먹을 수 있지만 쓰고 매운 것마저 견딜 수 있을 때 삶의 이면을 볼 수 있는 게 아닐까 싶다.

같은 단맛이라도 단 음식을 먹고 난 후에 먹는 단 것과 쓰고 짠 것을 먹고 난 후의 단 것이 확실히 다른 맛이란 것을 알게 될 것이다.

대부분의 사람들은 오늘도 어제와 같은 일상의 수레바퀴를 굴리고 있다. 재미있어 시작한 일도 아니고 좋아하던 일도 아니지만 묵묵히 걸어가는 사람들이 있다.

삶을 이루는 낱낱의 단위인 일상은 취미나 간식이 아니다.

취미나 간식은 재미있고 맛있는 것만 먹으면 되지만 일상은 재미 없고 맛없는 것도 먹어야 했다. 일상 안에는 책임과 의무라는 맛없 는 재료가 들어 있기 때문이다.

아무도 알아주지도 않고 표도 나지 않는 일을 미련스럽게 하고 있는 누군가를 성공한 인생이라고 말할 수 없을지도 모른다. 하지 만 그들은 누구 앞에서든 당당히 말할 수 있을 것이다.

나는 도망치지 않았고 내 삶에 대해 예의를 지켰다고.

내
마
음
의
응
급
조
치

세상의 모든 경험은 좋은 경험이라고 생각했다.

더 좋은 경험과 덜 좋은 경험이 있을 뿐이고 나쁜 경험이란 없다고 믿었다. 더 좋은 경험이란 더 많은 가르침을 얻는 것이고 덜 좋은 경험이란 약간의 가르침을 얻는 거였다.

그런데 '더 좋은'과 '덜 좋은'은 어떻게 다를까 하는 의문이 들었다. 모든 경험은 좋은 경험이라고 주장했던 내가 좀 난감한 듯 머리를 긁적거렸다.

경험이란 것에 육하원칙이 있는 것도 아니고 무슨 조건을 갖추어야 한다는 규정이 있는 것도 아닌데 더 좋고 덜 좋고를 어떻게 나누느냐는 얘기였다.

경험자이니 무경험자이니 하는 말을 흔히 쓰지만 경험이라는 게 눈에 보이거나 손으로 만질 수 있는 게 아니었다. 삶의 단락 단락을 통해 배우고 느낀 것들이 경험이라면 어쩌면 아주 막연하고 추상적인 것인지도 모른다. 그 막연하고 추상적인 것들을 '유 경험' 혹은 '무 경험' 아니면 좋은 경험 나쁜 경험으로 무 자르듯이 나눌 수 있는 것일까 반문해 보았다.

경험은 '겪는' 것이지 물건처럼 받는 게 아니지 않은가.

때문에 겪는 사람이 어떻게 겪어내느냐에 따라 달라지는 거였다.

나쁜 일을 겪으며 좋은 교훈을 얻어내는 사람도 있고 좋은 경험을 했는데도 그다지 큰 가르침을 얻지 못하는 사람도 있었다. 그러니 어떻게 받아들이느냐의 문제이지 어떤 경험을 하느냐의 문제가 아니었다.

살아가는 동안 어떤 경험을 겪게 되든 피할 수 없는 일이고 삶을 통해 배우는 공부란 그런 것인지도 모른다. 경험을 통해 쓴 맛이든 단 맛이든 볼 수 있다면 살아 있다는 증거일 것이고 경험이 끝나는 날 삶도 끝나는 것이다.

하지만 나쁜 경험이란 없다고 아무리 담담한 척해도 당연히 고통스런 경험도 있고 달콤한 경험도 있다. 어떤 것이 사람을 훈련시키는 데 좋은지 알 수 없지만 우선 먹기는 곶감이 좋다는 옛말이 있듯이 달콤한 경험이 좋으리라.

다만 시장에 가서 물건을 고르듯이 좋은 것만 고를 수 없다는 게 문제였다. 언제 무엇이 올지 알 수 없고 그것이 달지 쓸지도 모르고 무엇을 느끼게 될지도 모른다.

뉴스 시간에 군인들이 훈련하는 모습을 방송한 적이 있다. 몸을 납작 엎드려서 간신히 빠져나가기조차 힘든 철조망 밑을 통과하는 훈련이었다. 철조망은 쇠로 된 가시넝쿨이라 잠시라도 방심하면 살이 찢기거나 긁히게 되어 있었다.

그 밑을 빠져나가려면 한시도 긴장을 늦출 수 없고 집중해야 했다. 철조망을 무사히 통과한다고 해도 안심할 수 없었다. 곧이어 수풀이 우거진 속에서 적의 형상을 한 표적들이 돌발적으로 튀어나왔다. 이때 신속하게 총을 쏘아 표적을 맞추지 못하면 먼저 죽게 되는 거였다.

몇몇의 군인들이 표적을 먼저 쏘지 못했고 실제라면 그들은 이미 죽은 거였다. 철조망을 기어 나왔지만 아무 의미가 없게 된 거였다. 쉽지 않은 훈련이라는 것을 알고 있다고 해도 막상 경험해 보면 막연히 생각했던 것과 확연히 다르리라.

생각과 실제 경험은 그런 것이었다.

나쁜 경험이란 없다고 스스로에게 사탕발림을 했지만, 경험을 통해 상처를 받는다면 나쁜 경험이 될 수도 있겠구나 싶었다. 그런데 사람과 사람의 틈을 비집고 걸어가는 이 길에 상처 없이 걸어갈 수 있을까. 그렇다고 할 자신이 없었다.

생명이 있는 모든 것들은 상처를 받았다.

사랑받기 위해 태어난 사람이라는 노랫말도 있지만 사랑 역시 상처를 동반했다. 상처 없는 사랑이란 없으니까. 흔히 보는 풀과 나무, 땅과 하늘도 상처를 받으며 싹을 틔우고 꽃을 피웠다.

땅이 상처를 받으면 풀과 나무가 자라지 못하게 되고 꽃과 새와 벌레들도 꼬이지 않는다. 사람의 마음도 상처를 받으면 황폐해진다. 누구를 포용할 수도 없고 너그러워지지도 않고 감동하지 않게 되어 사막처럼 된다.

이런 마음의 상태일 때 어떤 경험을 겪게 된다면 그 경험이 아무리 좋은 뜻을 담고 있다고 해도 늘 나쁜 경험일 수밖에 없을 거였다.

시험이라는 말, 어려움이 닥쳤을 때 기독교인들이 자주 쓰는 말이 생각났다. 기독교인이 아니라도 시험을 피하며 살아갈 수는 없을 것이다. 만약 시험에 들었다면 어떻게 빠져나올 것인가. 경계란 말도 떠올랐다. 불가에서 쓰는 말인데 아마도 시험과 비슷한 뜻이 아닐까 싶다. 성인들이 시험이나 경계에 대해 말했다면 사람들에게 흔히 일어날 수 있기 때문이리라.

살다보면 시험이나 경계를 만나지 않는 사람이 어디 있겠는가. 누구에게나 닥치는 이런 고비들을 지혜롭게 빠져나오지 못하면 마음이 사막처럼 되어 생명이 살지 않는 불모지가 되는 거였다. 마음이 사막인 사람은 보기 싫은 흉터를 간직하는 거나 마찬가지일 것이다.

나쁜 경험을 했다고 느끼는 순간 깊은 상처가 남는다.

몸이든 마음이든 아름다운 흉터란 없었다. 제가 갖은 본 모양을 변형시키는 게 흉터 아닌가. 보기 싫은 흉터가 남기 전에 마음에도 응급조치가 필요하다. 새살이 잘 돋도록 약도 바르고 붕대로 감싸 주기도 해야 한다. 헌데 누가 내 마음의 상태를 알고 응급조치를 해 주겠는가.

시험과 경계에 들게 하는 수많은 경험들은 한시도 한눈을 팔지 못하게 했다. 낮게 처진 철조망을 다치지 않게 통과하는 거며 예고 없이 튀어나오는 표적을 재빠르게 해치워야 하는 급박한 순간은 마치 적진에 홀로 떨어진 것과 다름없다. 더욱이 쓸데없는 오기와 분노, 스스로에 대한 비난과 질책이 가뜩이나 힘들어하는 나를 무차별 공격했다. 상처는 더욱 깊어지고 내 마음에 응급조치가 필요했다.

오늘 아침 창문을 열며 생각했다.

누구도 내 마음에 응급조치를 해 줄 수 없다면 적어도 나 스스로 상처를 후벼 파지는 말자. 어떤 경험을 통해 아픈 상처를 받았다면, 그 상처에 응급조치를 할 수 있는 사람은 나밖에 없다.

불의의 사고가 났을 때 가장 가까이 있는 사람이 나서야 하듯이 내가 나를 도와야 하지 않는가.

내가 나를 응원하고 격려하고 시험에서 무사히 빠져나오도록 손을 잡아줘야 한다. 나마저 나를 업신여기고 외면하면 누가 나에게 응급조치를 해 주겠는가. 새살이 돋도록 새싹이 나도록 물도 주고 약도 바르고 등도 두드려 주어야 하는데 제 자신이 먼저 비난하고 비하하면 누가 아픈 나를 치료해 주겠나.

나는 내 손을 잡으며 등을 두드렸다.

세상에 나쁜 경험이란 없다. 더 좋거나 덜 좋은 경험이 있을 뿐이다. '더'나 '덜'은 무엇으로 나누느냐고 되묻는다면 그것은 어떻게 받아들이느냐의 문제라고 말하고 싶다.

아무리 나쁘게 보이는 일도 그 가운데 중요한 알맹이를 간직하고 있다. 문제는 그것을 누가 발견하느냐이다. 설령 경험을 통해 상처를 받았다고 해도, 사랑이 상처를 동반하듯이 교훈이나 가르침에도 상처가 따라온다.

부수적으로 따라오는 상처는 힘을 내서 응급조치를 해야 한다. 마음의 응급조치가 잘 된 경험은 좋은 경험이 되는 거고 마음의 응급조치를 제때 하지 못하면 덜 좋은 경험이 되는 거다.

중요한 것은 그 누구도 아닌 내가 나의 등을 두드리는 일이다.

한창 더웠던 8월에 갑자기 냉장고가 파업(?)을 했다.

하필 이럴 때 파업이라니.

처음 고장이 아니라 각오는 하고 있던 터였지만 난감했다. 작년 겨울 더 이상 살 수 없다고 거부 의사를 밝혔지만 겨우 10년 살고 (?) 웬 엄살이냐고 다그쳐서 겨우 살려 놓았다. 하지만 언제 냉장고의 숨이 끊어질지 몰라 걱정스럽던 차였다. 그런데 하필 복 중에 갈 게 무어람.

투덜거리지만 도리가 없었다. 재활치료(?)를 받든가 아니면 사망 (?) 처리하고 새것을 들이든가 해야 했다.

양문형 냉장고가 처음 나왔을 때에는 흔하지 않은 모델이었지만 세월에 장사 없다고 지금 나오는 신제품에 비하면 초라하기 그지 없었다. 인기 있는 배우들이 나와 선전하는 요즘 전자제품을 보노라면 우리집의 살림살이들이 더없이 초라하고 구질구질했다. 아무리 열을 내어 닦고 문질러도 새로운 디자인과 편리한 쓰임새를 따라잡을 수 없었다.

은근히 부러운 마음이 들 때마다 고장만 나면 새로 장만하리라 다짐을 했었다. 잘 돌아가는 것을 두고 신제품에 홀려 충동구매할 수는 없는 노릇이니까.

고장만 나면 생각해 보고 말고 할 것도 없이 들여놓으리라 다짐했었지만 막상 냉장고가 고장이 나서 새것을 구입하려고 보니 가격이 만만치 않았다. 상상은 자유지만 구매는 현실이라 갈등이 되었다. 고민 고민하다가 노인이 된(?) 냉장고의 나이를 생각하니 새것을 사는 쪽으로 마음이 기울었다.

새 냉장고는 파리가 낙상할 만큼 반들거렸고 속도 깊어 반찬통을 넣기에 넉넉했다. 유리알 같은 냉장고를 행주로 손바닥으로 쓰다듬으며 오래 살아(?) 주기를 빌며 흐뭇하게 바라보았다. 마음속이 새 냉장고처럼 깔끔하고 화사해진 것 같았다. 마치 그 회사 전자제품을 선전하던 유명 배우가 되기라도 한 것처럼 우아하게 걸으며 냉장고 주변을 맴돌았다.

순간 알 수 없는 기분이 미풍처럼 스쳐갔다. 뭐라 표현할 수 없지만 싫지 않은 달콤한 그 무엇이 씽긋 미소 짓는 기분이었다. 그 느낌이 무엇일까 궁금했지만 워낙 짧은 순간이라 모호하고 아련하게 잊혀졌다.

추석이 다가오던 어느 날 헌 냉장고와의 이별이 아쉬웠던 것일까 거실의 텔레비전이 갑자기 눈을 감았다. 한 번도 재활치료(?)를 받아본 경험이 없는 텔레비전인지라 지체 없이 수리 기사를 모셨다. 기사는 단번에 텔레비전의 증세를 간파했는데 문제는 수리비였다. 속담에 '산보다 호랑이가 더 크다'는 말이 있듯이 허풍을 섞어 말하자면 고장 난 헌 텔레비전의 값보다 수리비가 더 비쌀 지경이었다.

중요한 부속이 나갔기 때문에 그렇다는 것인데 살려(?) 놓는다고 해도 살 만큼 산 텔레비전인지라 다시 고장이 난다면 수리비만 날릴지 모른다는 계산이 나왔다. 냉장고를 바꾼 지 얼마 되지도 않았는데 웬 날벼락이란 말인가. 한 해에 막대한 비용의 전자제품을 두 가지나 들이게 되었으니 다시 고민 모드에 돌입하게 되었다.

헌 텔레비전은 과감히 방출시키고 잠시 텔레비전이 없는 상태로 지냈다.

텔레비전 봐야 할 일이 있으면 방에 있는 것을 보면 되니 크게 불편하지는 않지만 손님이 온다거나 거실에 식구들이 모여 있을 때에는 좀 필요하다는 생각이 들었다. 또한 식구들 모두 텔레비전을 절친으로 여기며 살아온 터라 텔레비전을 끊을(?) 수는 없었다. 망설이던 끝에 막대한 출혈(?)을 감수하며 신형 텔레비전을 들였다.

세월이 그냥 지나간 것이 아닌 듯 헌 것과 달리 새 텔레비전은 화면의 크기도 그렇지만 선명한 화질 때문에라도 별로 재미없는 프로조차 흥미를 느끼게 했다.

전보다 더 열심히 텔레비전을 시청하게 되었고 새 텔레비전을 들이게 되며 약간의 부작용(?)까지 나타나게 되었다. 그 부작용이란 식구들의 눈이 방에 있는 구형 텔레비전을 거부하게 되었다는 거였다. 간사한 것은 입만이 아니라 눈도 간사하다는 것을 새삼 깨달았다.

새 텔레비전의 자태에 홀려 안 보던 연속극까지 섭렵하게 되었는데 한순간 다시 알 수 없는 기분이 미풍처럼 스치며 달콤한 그 무엇이 씽긋 미소 짓는 듯했다. 너무도 짧은 순간이라 무엇이라 표현할 수가 없었다. 그게 무엇일까 궁금했지만 너무 빠르게 자취를 감춰서 확인할 수 없었다. 다음에 나타나면 알아내리라 다짐할 뿐이었다.

가만히 생각해 보니 가끔씩 그런 느낌이 들었던 적이 있었다.

애들이 어렸을 때 저녁 먹고 아이 앞세우고 공원을 산책할 때라든가 좋은 음악을 들을 때 꼭 한번 가보고 싶은 곳으로 여행을 가게 되었거나 오랜만에 반가운 사람을 만났을 때에도 그런 기분을 맛보곤 했었다. 홀연히 나타났다가 순식간에 사라지기 때문에 알아채지 못한 거였다.

며칠 전부터 고무장갑이 샌다는 것을 알았다. 속에 낀 면장갑이 축축이 젖는 게 개운치 않았다. 슈퍼마켓에 가면 잊지 말고 사야지 하면서도 가면 다른 것만 사고 그냥 오기를 며칠째였다. 내가 하는 일이지만 참 답답했다. 어제는 마음먹고 슈퍼마켓에 들러 며칠째 끌고 있는 '고무장갑 사기 프로젝트'를 실행에 옮겼다.

새로 산 고무장갑을 끼고 부엌일을 하면서 나도 모르게 콧노래가 나왔다. 설거지를 할 때마다 물이 새서 눅눅하고 찝찝한 느낌이었는데 보송보송한 게 일이 저절로 되는 것 같이 기분이 좋아졌다.

사소하고 하찮은 것 때문에 기분이 좋아지는 자신의 모습이 우스워 피식 웃음이 났다. 고무장갑 낀 김에 주방 구석에 낀 때를 말끔히 벗겨내고 그릇들을 가지런히 씻어 정리해 놓았다. 차곡차곡 정리된 그릇들은 빛이 나는 듯 반짝거렸고 주방은 어떤 요리라도 거뜬히 해낼 수 있을 것처럼 쾌적했다.

그때 아주 잠깐 창문으로 미미한 바람이 불어왔고 예의 달콤한 그 무엇이 씽긋 미소 짓는 듯했다.

다시 나타나면 꼭 잡고 확인하리라 마음먹었지만 내 생각이 미칠 때는 이미 그 감정이 사라진 후였다. 내 생각이 미치기 전에 나타났다 사라지곤 하는 감정이라 손에 잡히지도 않고 볼 수도 없었다.

홀연히 나타났다 사라지는 그 감정, 그 느낌은 아주 사소한 것들을 통해 오고 갔다. 크고 엄청난 것과 함께 오는 게 아니라 누추하고 초라한 것들 틈에 끼어 왔다.

과자나 소주 회사들이 종종 경품 행사를 하곤 했다. 과자 봉지 속에서 당첨 스티커가 나오면 한 봉지 더 주고 소주 뚜껑에서 당첨 마크가 나오면 소주 한 병을 더 주는 행사였다. 과자 한 봉지 소주 한 병이 돈으로 따지면 얼마나 되랴마는 당첨이 되면 괜히 기분이 좋고 행운을 잡은 듯했다.

하지만 세계적으로 유명한 명품에는 이런 경품 행사가 없다. 옷한 벌에 한 벌 더 얹어 주거나 핸드백 하나에 하나를 더 얹어 줄수가 없다. 하나의 가격만 해도 입이 벌어질 정도로 고가라 그럴수 없을 것이다.

화려하고 거창한 명품들에는 값싼 과자나 소주 따위를 사면서느끼는 소소한 즐거움이 없다. 숨이 턱 막히는 전율은 있을지 모르지만 알 듯 모를 듯 잔잔한 미소를 지을 수는 없다.

명품을 사면서 느끼는 전율이 나쁘다는 것이 아니라 평범하게사는 사람들이 손쉽게 누릴 수 없다는 게 문제였다.

일상을 버티게 하는 것은 무엇인가.

길가에 핀 흔한 꽃 한 송이이거나 누군가 슬쩍 던져주고 가는사탕 한 알이 아닐까. 그것이야말로 소소한 이벤트처럼 하루하루를 버티게 하는 힘이었다.

지극히 개인적이고 사적이어서 자신의 눈에만 보이고 자신의 잣대로만 잴 수 있는 것이 있다.

다른 사람의 눈에는 하찮고 누추하지만 내 눈에는 대단하고 근사해 보이는 것들이다.

어떤 이의 눈에는 보이고 어떤 이의 눈에는 보이지 않았다.

어떤 이는 느끼고 어떤 이는 곁에 왔는데도 느끼지 못했다.

어떤 이는 맛을 알고 어떤 이는 먹고 있으면서도 맛을 알지 못했다.

그 느낌은 거창하고 화려한 것을 누리는 사람들보다 누추하고 초라한 것을 누리는 사람들 곁에 더 가까이 와 있는 것인지도 모른다.

거창하고 화려한 것을 누리는 사람들은 거창하고 화려한 것들의 겉모습을 보느라 살포시 불어오는 바람의 숨결이나 옆집 아이의 서툰 피아노 소리를 느낄 새가 없을 테니까.

존재하지만 보이지 않고 존재하지 않는 것 같아도 어딘가 숨어서 내가 찾아오기를 기다리는 그런 감정… 행복, 아니, 행복한 감정.

그것은 어디에도 없고 누가 가져다주지도 않는다.

자신이 만들어 내고 자신이 찾았을 때 존재하게 된다.

영혼의 집

⋮

　아득히 멀게 느껴지는 죽음이지만 삶의 과정이고 완성이라 생각
하면 동전의 앞뒤처럼 사는 일과 떨어질 수 없는 것으로 여겨졌다.

　삶을 삶일 수 있게 하는 것이야말로 죽음의 역할이고 살아 있는
것의 가치는 죽음이 있을 때 비로소 빛날 수 있는 게 아닐까.

　언뜻 보면 삶의 배경처럼 보이지만 한 생을 마감할 즈음이면 조
연처럼 머뭇거리던 죽음이 엄청나게 큰 실체로 다가왔다. 듣기 좋
은 말로 했을 때 생의 완성이지 죽음의 실상은 한 생을 세상 밖으
로 밀어내려 기를 쓰는 거대한 힘처럼 보였다.

　한 하늘 아래 같은 공기로 숨 쉬던 사람들이 어느 날 갑자기 죽
음의 문 뒤로 사라지고 나면 절망이란 말조차 호사스러운 완전

한 암흑이 왔다. 어떤 법칙이나 의미도 무가치하게 만드는 어느 지점… 죽음.

같은 시간을 나누었던 몇몇 사람들이 어느새 그곳으로 가 버렸다는 것을 느꼈을 때 잡동사니 같은 생각들이 머리를 맴돌았다.

살아남은 자들이 헐뜯고 싸우고 살을 부비는 동안 육신을 잃은 자들은 어디에 머무는 것일까. 그들은 어디로 사라진 것일까.

집 수리를 하던 여름 끝자락부터 가을 무렵까지 목에 걸린 가시처럼 따라붙는 의문이었다.

두 계절에 걸쳐진 집수리는 공간을 실용성 있고 효율적으로 바꾸려고 오랫동안 벼르던 일이었는데 막상 일을 시작하고 보니 대청소를 하는 기분이었다.

그럴듯한 구상은 뒤로 한 채 낡고 묵은 살림들을 버리고 바꾸는 일에 전념했다. 쓰레기더미에 산 것도 아닐 텐데 버리거나 새 것으로 바꾸어야 할 살림들이 이렇게 많았다는 게 오히려 신기할 정도였다. 하기야 이 터에서 시부모님이 사셨고 남편과 아이들까지 그런 과정을 거쳤으니 집안 구석구석 묵은 물건들 천지인 게 당연하다면 당연한 일이었다.

구질구질해서 당장 버리고 싶은 마음이 들다가도 살림을 장만했을 때를 생각하면 어느 것 하나라도 선뜻 손이 가지 않았다. 그렇게 주춤거리며 집안을 돌아보는 동안 까마득히 잊고 있었던 그 토기 화분 앞에서 발을 멈추게 되었다.

그 화분이 여전히 집안 한구석에 남아 좁은 화단을 눈에 거슬릴 만큼 넓게 차지하고 있다는 사실이 새삼스러워 한동안 움직일 수가 없었다. 금이 간 채 깊은 구덩이 같은 속을 공허하게 내보이고 있는 빈 화분을 보자 수백 송이의 동백꽃이 그 속에서 피고 졌다는 게 거짓말 같았다.

새삼 토기 화분에 핀 동백꽃을 처음 보았던 순간이 어제 일처럼 생생히 떠올랐다. 만발한 꽃의 축제에 놀라기에 앞서 저 꽃들이 진짜 꽃일까 의심부터 했었다. 왜 그런 생각이 먼저 들었는지 모르지만 그날의 날씨 때문이 아니었나 싶었다.

봄이라지만 겨울옷을 벗기엔 이른 겨울 끝자락에 싸늘한 거실 한구석에 핀 붉은 꽃송이들을 보자 이상스런 울렁거림이 저 밑바닥으로부터 올라왔다. 두꺼운 옷을 입고도 추위를 떨쳐버리지 못하는 내 앞에 보드랍고 연약한 꽃잎들을 당당히 펼치고 있는 꽃들의 자태는 아름답다는 생각보다 놀라움이었다.

화분으로 다가가 꽃송이를 심문하듯 살피고 만지고 매혹적인 향기를 확인하고서야 꽃을, 동백을, 화분에 담긴 흙을 인정했었다. 나중에 안 일이지만 아무리 추운 날씨에도 집안 곳곳에서는 늘 꽃이 피고 졌고 그 꽃들 뒤에 시부가 있었다.

길거리에서 천대받는 하찮은 잡초도 시부의 손이 닿으면 그럴듯한 화초가 되어 화분에 담겨졌다.

화초뿐 아니라 마당에는 대추나무와 목련 그리고 사철이 터를 잡고 있었고 화분이란 표현이 어색할 만큼 커다란 비닐 함지에서 뻗어 나온 포도넝쿨은 뜨거운 햇살을 가려주었다. 천리향과 동백, 철쭉과 칸나와 국화가 제때를 알고 피고 졌고 달콤한 포도와 윤기 흐르는 대추가 계절을 알려 주었다. 시부의 죽음이 있기 전까지 그러했다.

시부의 죽음이 있은 후에도 꽃들은 아무 일 없었던 듯 제 소임을 다했다. 식구들은 시부가 집을 비우고 긴 여행을 떠나기라도 한 듯 시부의 부재를 잊곤 했다. 그의 손에 피고 졌던 꽃과 나무들에 대해서도 무심히 지나쳐버렸다.

사람은 잊고 지나치지만 자연은 어김없이 제 속도와 제 자리를 찾아 오갔다. 피고 지고 열매를 맺고 낙엽이 질 즈음이면 화초에 북을 돋우어 주고 제멋대로 뻗은 나뭇가지를 쳐내며 사월의 목련 아래 웃던 모습이 그림자처럼 스치곤 했다.

문득 죽음 너머의 시부가 자신이 길들여 놓은 것들 곁에서 여전히 보이지 않는 힘으로 그것들을 키우고 있는 것은 아닐까 의문스러웠다.

세상의 어떤 이치도 통하지 않는 지점에 있으면서도 여전히 살아 있는 것들 사이를 떠돌고 있는 느낌이었다.

죽은 자들은 어디에 머무는 것일까.

해가 바뀌고 계절이 지나는 동안 시부가 떠난 자리에 차츰 달라지는 게 있었지만 쉽게 눈치챌 수 없었다. 잠을 자거나 집을 비우거나 제 이야기에 빠져 웃고 떠들 때 그의 손길이 닿았던 것들에게 미미한 움직임과 가녀린 호소가 일어나고 있다는 것을 그때는 알아챌 수 없었다.

그 일이 있기 전까지 그러했다.

천지가 녹아내리는 듯 폭염이 내리쬐던 어느 여름날이었다. 외출을 하고 돌아와 대문으로 들어서려는 순간 온몸이 얼어붙는 것 같았다. 더위도 잊은 채 대문 앞 그 자리에서 식은땀을 흘리며 굳어 있었다.

화분에 담긴 것들을 그대로 엎어놓은 흙과, 그 흙 사이로 뻗은 메마른 뿌리들이 뜨거운 햇살 아래 사지를 벌린 채 죽어 있었다. 아무리 살펴보아도 붉디붉은 꽃을 피우던 그 동백나무가 분명한데… 어디에도 붉은 꽃과 물기어린 초록 잎과 매혹적인 향기를 찾을 수 없었다.

꽃의 죽음… 장례식에서도 담담했던 나는 그제야 죽음을, 완전한 한 사람의 죽음을 보고 있었다. 시부에게 길들여진 꽃과 나무들은 세상에 남긴 흔적들을 지우기라도 하려는 듯 그렇게 하나둘씩 죽어갔다.

지금은 이렇게 크고 모양 없는 화분을 쓰는 사람도 흔하지 않은 세상이 되었다. 동백이 빠져나간 빈 화분은 생전의 시부가 애지중지하던 때와 달리 집안의 천덕꾸러기가 되어버렸다.

마른 흙 부스러기와 거미줄이 쳐진 화분의 속을 손으로 쓸어보았다. 거기서 자라던 청록의 이파리들과 피보다 붉던 꽃망울의 감촉이 손에 잡힐 듯했다.

구부정한 어깨와 까만 얼굴 그리고 자질구레한 화초들 틈에 쪼그려 앉아 담배를 피워 물며 쓸쓸히 미소 짓던 모습도 어제 일처럼 다가왔다. 세상일에 손을 놓게 되면서부터 꽃과 나무는 시부에게 또 다른 세상이고 의미였을 것이다. 사람들이 등을 돌리고 떠날 때에도 보잘것없는 화초들은 여전히 곁을 지켰다. 죽음 뒤에도 여전히.

쫓기듯 사느라 잊고 있었는데 먼저 간 얼굴들이 눈에 아른거렸다.

다시는 함께 할 수 없지만 기억 속에서는 여전히 그 시간 그 자리에 그들이 살아 있었다. 그들이 남긴 것은 어쩌면 화분이나 손때 묻은 살림 나부랭이가 아니었는지도 모른다. 취기가 오르면 흥얼거리던 콧노래, 공연한 역정, 듣기 싫었던 잔소리, 내 어깨에 손을 얹을 때 전해 오는 체온, 자신의 존재를 알리는 헛기침 따위의 하찮게 보이는 일상의 기억들이었는지도 모른다.

지금은 비록 초라한 뜰이지만 온갖 꽃향기가 넘쳐나던 때가 있었다. 그때, 기억 속의 꽃들은 시들지도 죽지도 않은 채 영원히 향기롭고 싱싱했다.

죽은 자들에게도 그 꽃들처럼 사람의 냄새를 풍기며 웃고 떠들던 삶의 어느 한순간이 있었을 터였다. 그들은 함께 살았던 사람들의 기억을 통해 때로는 슬프고 때로는 아름답고 때로는 가슴 아프게 산 사람들을 꾸짖고 가르치며… 눈물짓게 했다.

사람이 죽으면 아주 먼 손닿지 않는 어느 곳으로 사라지는 것이라고 생각했었다. 그러다 문득 오래전 죽음으로 가버린 이들이 기억 저편에서 여전히 살아 움직인다는 걸 알게 되었다.

그들은 죽음을 통해 비로소 함께 시간을 보냈던 사람들의 기억

속으로 온전히 들어와 늙지도 죽지도 않은 채 산 자의 기억 속에 머물렀다.

황폐해진 화단을 바라보며 시부를 떠올리는 것처럼.

죽은 자들은 하늘이나 땅으로 흔적 없이 사라지는 것이 아니라 살아 있는 사람들의 기억 속으로 들어와 산 자의 삶 속으로 스며들고 있었다. 산 자들은 기억 속의 그들과 끊임없이 교류하고 대화했다.

어쩌면 진정한 삶의 완성은 죽음이 아니라 죽은 자에 대한 기억이 아닐까.

어떤 기억을 남기느냐에 따라 온전하거나 혹은 어긋난 삶으로 평가될 수 있을 테니까.

살아 있는 모든 이들은 죽음이라는 중력을 벗어날 수 없다.

그들의 과제는 함께 했던 사람들의 기억 속에 아름다운 영혼의 집을 짓는 일이 아닐까 싶다.

살아남은 자들의 기억이야말로 죽은 자들의 영원한 무덤이기도 하니까.

제2부

…… 나에게 제일 미안해!

없어지거나
극복하기
힘든 외로움의
블랙홀이라면
내 안에 접수시키고
함께 공존하며
견디는 수밖에 없다.

목
숨
의
무
게

식구들이 먹고 나간 식탁에 앉아 밥 한 숟갈을 뜨려는데 전화벨이 울렸다.

"어젯밤에… 갑자기…."

불과 며칠 전에도 멀쩡해 보였던 그 남자의 죽음이 울음을 매단 여자의 말소리를 타고 아침 식탁으로 내려앉았다.

급히 삼킨 밥알이 목 안 어디쯤에서 얼어붙은 듯했다.

남편의 친구인 남자가 이달 모임에 나와 회비에서 지출하게 되어 있는 음식값을 군이 혼자 계산했다는 얘기를 들은 게 두 주 전쯤이었다. 평소보다 훨씬 밝은 낯으로 앓고 있던 병의 상태가 호전되어서 기분 좋다며 흔쾌히 음식값을 치렀다고 했다.

그 식구들과는 함께 여행을 갔던 적도 있어서 남다른 충격이었다. 병이 있다는 말은 들었지만 죽음에 이를 거라고는 생각지 못했다. 좋아진 것처럼 보였던 병이 실상은 죽음으로 다가가고 있었던 거라는 것을 남자는 눈치채지 못한 모양이었다.

기쁨의 가면을 쓴 죽음의 선심이었다는 걸 누가 알았으랴.

그날 친구들에게 사 준 밥이 남자에게는 마지막 만찬인 셈이었다.

저녁 어스름 무렵이 되자 꽃망울이 터지는 봄날이리는 게 무색할 만큼 갑자기 쌀쌀해져서 장롱에 넣어 두었던 겨울옷을 도로 꺼내 입고 아침에 알려 준 장례식장을 찾았다.

장례식장 뜰에는 달빛을 받은 흰 목련꽃 봉우리들이 깃을 내린 새처럼 봄의 추위를 겪어내고 있었다. 봄이라지만 볼에 닿는 느낌은 움도 싹도 얼어붙게 만들 만큼 모질고 매서웠다. 등골을 파고드는 때아닌 추위에 진저리를 치며 서둘러 영안실을 찾았다.

영안실에는 결혼 전의 두 딸이 문상객을 맞고 있었고 영정 사진 속의 남자는 자신의 죽음을 남의 일처럼 무심히 바라보고 있었다. 어쩌면 죽은 남자는 자신의 죽음을 실감하지 못한 채 저세상으로 갔을지 모른다는 생각이 들었다. 살아 있는 자들이 남자의 죽음을 아직 받아들이지 못하듯이 남자도 그럴 것 같았다.

무표정한 영정 사진 속 남자는 자신의 죽음을 보고 있는 것이 아니라 살아 있는 동안 보이지 않았던 자신의 삶을 이제야 담담히 바라보고 있는 것 같았다.

영정을 뒤로하고 건너편 자리로 들어서니 딸들의 친구인 듯한 젊은 남녀들로 북적거렸다. 장례식이라는 이름만 붙지 않았다면 청춘 남녀들 틈에 불청객처럼 끼어 앉은 눈치 없는 어른들처럼 보였다.

문상객을 맞기 위해 마련해 놓은 상에는 어느 장례식에서나 볼 수 있는 비슷한 모양과 종류의 음식들이 동네 슈퍼에서 사 온 물건처럼 단조롭고 무의미하게 차려져 있었다. 끝이 마른 전이며 벌건 기름이 뜨는 국은 어느 장례식장이나 비슷해 보였다.

죽은 자마다 살아온 세월도 죽음의 사연도 각기 다를 텐지만 살아 있는 자들이 마련한 의식은 찍어낸 듯 같았다. 하기야 죽음이란 것도 으레 다가오고 지나가는 일상처럼 살아 있는 자들에게는 특별한 것이 아닐지도 모른다.

먹고, 마시고, 웃고, 떠드는 사이로 끼어드는 무심한 침묵처럼 두어 번 숨을 쉴 정도의 거리에 삶과 이마를 맞대고 있는 것일지도 모른다. 그런데도 죽음은 늘 느닷없고 다급했다. 그래서 아무리 긴 병 뒤에 오는 죽음이라도 담담히 받아들일 수 없었다.

삶의 시작은 열 달 동안 정해진 날을 위해 준비할 시간을 주지만 죽음의 날은 언제나 비밀스럽고 갑작스럽게 불쑥 찾아왔다. 마치 문 뒤에 숨어 있다가 갑자기 등 뒤에서 덮치듯 당하는 사람을 놀라게 했다.

어쩌면 예고 없이 들이닥치기 때문에 오히려 다행스러울 수도 있었다. 시시각각 다가오는 죽음을 느껴야 한다면 그것 역시 죽음보다 더한 고통일 테니까. 하지만 느닷없이 오는 것이기 때문에 더 당황스럽고 황망했다. 남자의 죽음도 예외일 수 없었다.

메마르게 굳어가는 음식들을 하릴없이 되작거리며 늙었다기에는 아직 이른 미망인과 죽음을 실감하기에는 젊은 딸들을 왠지 똑바로 쳐다보기가 뭣해서 안 보는 척 힐끔거렸다.

떠난 자의 자리가 그들에게는 어느 만큼의 무게일까.

얄팍한 저울질을 하다가 문득.

"죽는 순간… 죽는다는 걸 알았을까?"

안들 모른들 아무 소용없는 일이지만 산 자의 부질없는 궁금증이 도진 것은 아직 살아 있기 때문일 거였다.

"글쎄… 몰랐을 것 같아… 그냥 잠깐 정신을 잃는 거라고 생각했을 거 같아…."

앞에 앉은 사람의 말에 고개를 끄덕거리며 죽음의 문턱을 넘는 한순간을 상상해 보았다.

추측한 대로 그냥 잠깐 정신을 잃는 거라고 생각했다면, 그래서 곧 깨어날 거라고 믿었다면 그 남자의 정신은 여전히 삶 안에 머물러 있을 터이고 깨어날 시간을 기다리고 있을 것 같았다.

자신의 죽음을 모른 채 죽음에 다다르게 되었을 것이다.

아니면 자신이 혼자 겪어내야 하는 죽음이라는 초행길을 마지막 순간 알아챘을 수도 있을 것이다.

알아챘을 때는 이미 늦었고 죽음이라는 의미조차 감지할 수 없는 모호한 영역에 있었을 것 같았다. 그러다 이내 고개를 저었다. 이 모든 추측이 산 자들의 부질없는 계산법이었다.

죽음은 살아 있는 자의 상상조차 허용하지 않는 세계 아닌가.

그 누구도 보고 듣고 느끼지 못한 세상… 아니, 세상이라는 규정조차 없는 무한대의 공간이겠지.

영안실은 휘황한 불빛 아래 여전히 문상객들로 북적거렸다. 살아 있는 자들은 먹고 마시고 떠들며 조금씩 조금씩 죽음과 멀어지고 있었다.

견딜 수 없을 것 같은 순간도 결국은 견뎌 내고 살아낸다. 그리고 마침내 자신의 삶 안에는 남자가 겪은 죽음이 포함되지 않은 것처럼 말끔히 잊을 것이다. 멀고 먼 어느 높은 곳으로 가야 죽음을 만날 수 있다고 믿으며 살아갈 것이다. 등 뒤에 숨어 있다가 불쑥 고개를 들이밀기 전까지 죽음은 나와는 상관없는 먼 나라 이야기일 뿐이었다.

장례식장 뜰에는 여전히 달빛이 잔잔한 음악처럼 흐르고 있었다. 한두 송이 피기 시작하는 개나리며 진달래가 잔뜩 움츠리고 있었고 벚꽃이며 목련 그리고 파릇파릇한 새순들이 차가운 봄바람에 몸을 부비며 속살거렸다. 매서운 꽃샘추위에도 어린 싹들과 이르게 핀 꽃들은 봄을 굳게 믿고 있었다.

제아무리 매서운 추위에도 생명은 피어나고 기를 쓰며 발버둥쳐도 생명은 진다.

누구든 죽음으로 가고 죽음의 자리에서 돌아보면 사는 동안의 고통과 좌절, 아픔과 쓰라림 모두가 부질없고 부질없을 테지만 삶의 자리에 서면 여간해서 죽음이 보이지 않았다. 삶의 자리가 견고하게 오래 지속될 것으로 믿기 때문에 보이지 않는 것인지도 모른다.

달빛 아래 흔들리는 여린 꽃송이들을 무심히 돌아보았다.

낙화하기에는 이른 꽃잎 몇 조각이 아스팔트 위로 떨어졌다.

힘없이 떨어지는 저 꽃들이나 죽음으로 가는 목숨의 무게가 다르면 얼마나 다르랴 싶어 발밑에 떨어진 꽃 이파리들을 망연히 내려다보았다.

뜰에는 여전히 달빛이 흐르고 꽃들은 온 힘을 다해 피어나고 있었다.

두
고
온
찔
레
꽃

⋮

오월의 푸른 바닷바람이 짠 내를 풍기며 산등성이를 넘어왔다.

산 위에서 내려다보는 수평선 너머 푸른 안개와 수면 위로 꽂히는 잘디잔 햇살 조각들은 파도의 군무를 보고 있는 듯 장엄했다. 누가 먼저랄 것도 없이 낮은 탄식이 터져 나왔다.

바다를 보며 산행을 할 수 있는 근사한 코스가 있다며 며칠 전이웃 여자가 나를 찾아왔다. 여자는 관악산을 배회(?)하는 나를 가끔 보아온 터라 산행 제안이 먹힐 거라 예상한 모양이었다.

여자가 나가는 산행 모임에서 버스를 대절했는데 마침 한 자리가 남는다며 선심 쓰듯 동행을 청했다. 대절한 버스에 한 자리가 비면 그만큼 산악회의 수입이 적어지기 때문에 주최 측에서는 한 자리라도 남기지 않으려 했고 그래서 나를 꼬드기는 모양이었다.

아마 딱히 할 일 없이 한가롭게 어슬렁거리는 속 편한 '백조'로 보였을 터이니 하루 산행을 권해도 될 만 해 보였을 것이다. 여자는 이번 산행지의 근사한 풍경들과 구경꺼리를 입에 침이 마르도록 줄줄이 꿰었지만 내 귀에는 들어오지 않았다.

마음 안이 잡다한 세간들을 어수선하게 풀어놓은 듯 시끄럽고 심란했기 때문이었다. 그런데도 결국 여자를 따라나서기로 결심한 것은 끈질긴 설득 때문도 있지만 일행들 중 여자만이 유일하게 나와 서먹한 낯설음을 걷어낸 사이였고 나머지와는 생판 모른다는 게 구미에 맞았기 때문이었다.

때론 말하지 않아도 눈빛이나 손짓, 말투 그리고 표정만으로도 마음 안을 알아챌 수 있는 누군가가 곁에 있었으면 좋겠다고 생각했었다. 하지만 또 다른 어느 날에는 내 마음 안이 유리벽처럼 훤히 보이는 것 같아 두꺼운 커튼을 치고 싶곤 했다. 이럴 때는 모르는 사람들 틈이 더없이 자유롭고 편하게 느껴졌다.

내심 여자를 따라나서기 잘했다 싶었다. 며칠 전 온 비에 말끔히 씻긴 산과 들 그리고 불꽃처럼 부서지는 햇살도 그렇지만 새로 온 이방인에 대해 무심한 동행자들이 더 마음에 들었다.

여자는 산 초입에서 잠시 발을 맞추다가 이내 친숙해 보이는 몇몇을 따라 걸었고 나는 그들과 상관없이 저만치 떨어져 발걸음을 재촉했다.

간간이 어린 소나무의 순 뒤로 푸른 비단처럼 펼쳐진 바다를 보며 땀을 말리기도 하고 산 너머로 훌쩍 달아나버린 바다를 쫓아 발걸음을 서두르기도 하며 몇 개의 봉우리를 넘었다. 일부러 그런 것은 아니었는데 어느새 나는 일행과 떨어져 있었다.

전문 산악회 모임이 아니라 그런지 일행들은 뒷산 산책을 나온 사람들 모양 느긋했고 그들의 대화에 낄 이유가 없는 나는 자연히 앞서 걷게 되었다.

온전히 무엇인가 느낀다는 게 이런 것일까. 자신의 발소리, 발밑에 밟히는 흙의 느낌과 미미한 소리를 혼자 듣는 그 고적함. 바람을 따라 날아온 풀과 꽃 그리고 짙은 솔 향의 보이지 않는 움직임을 몸이 먼저 알아챌 때의 숨 막힐 듯한 생생함이라니.

길 위를 걷고 있는 것이 아니라 마치 길에 온몸을 맡긴 듯했다. 풀어 놓은 이삿짐처럼 흐트러진 마음 안을 정리할 것도 없고 누가 보는 게 싫어 커튼을 내릴 필요도 없이 잡다한 생각을 꺼내 보거나 집어넣을 생각조차 놓은 채 그렇게 땀이 흘렀다.

문득 사방을 둘러보니 눈이 닿는 산길에는 아무도 보이지 않았다. 일행은 물론이고 낯선 사람조차 없었다. 길을 잘못 들었나. 덜컥 겁이 났지만 되짚어 갈 엄두가 나지 않았다. 만약 잘못 왔다고 해도 어차피 산행의 말미를 넘겨 놓고 있었다. 하산이 코 앞인데 등을 돌릴 수는 없었다. 한가롭던 마음이 바빠졌다. 누구라도 만나면 길을 물어볼 심산으로 급히 풀숲을 헤치는데 인기척이 들렸다.

아버지와 아들인 듯 보이는 두 사람의 뒷모습이 보였다. 반가운 마음에 남자를 불렀다. 남자가 천천히 돌아보았다. 남자는 젊지도 늙지도 않은 나이의 아주 평범한 인상이었다. 등산 차림도 아니었고 배낭도 메지 않았고 손에 든 것도 없었다. 마치 식후에 동네를 둘러보러 나온 듯 한가해 보였다.

남자와 함께 걷고 있는 사내아이는 초등학교 사오 학년쯤 되어 보였는데 몹시 지친 표정이었다. 검고 마른 아이의 등에는 버거워 보이는 배낭이 걸려 있었다. 한가한 남자와 달리 아이는 미간을 잔뜩 오므리고 있었다.

조급한 마음에 남자에게 다가가 행선지를 말하니 이 길을 따라 가면 된다며 자신도 그곳으로 가고 있다고 했다. 혼자 길을 잃은 게 아닌가 불안했는데 마음이 놓였다. 어쨌든 일행들도 그곳에 당도할 터이고 돌아갈 버스도 거기 있을 것이다.

남자와 사내아이가 앞서가도록 발길을 늦추는데 돌아서던 남자가 생각난 듯 이 길이 그곳으로 가는 외길이라고 덧붙였다. 그러니 걱정하지 말고 가라는 뜻인 모양이었다.

돌아선 남자의 등에 대고 시간이 얼마나 걸리겠냐는 둥 코스가 너무 길지 않느냐는 둥 객쩍은 소리를 하다가 이내 입을 다물었다. 눈치 없이 그들의 대화 중간에 끼어든 것 같은 느낌이 들었기 때문이었다.

아이의 짜증 섞인 말소리와 조곤조곤 달래는 남자의 음성이 세 사람의 발소리와 엇갈리며 이어졌다.

몇 걸음 잠잠하던 아이는 얼마나 더 가야 하느냐, 도착하려면 아직 멀었느냐며 내가 묻고 싶은 말을 남자에게 물으며 칭얼댔다.

아이의 뒤통수는 땀으로 범벅이 되어 있었고 앙상한 어깨에 걸린 배낭은 보기에도 숨이 찼다.

나 역시 산행을 시작하던 오전과 달리 끝없이 이어지는 굽이굽이 산길에 서서히 질리고 있었다. 그때 그저 흔한 유행가 한 자락을 흥얼거리는 듯 남자의 말소리가 산바람처럼 무심히 들려왔다.

"길은 정해져 있는 거고 조급해하면 더 지루해지는 거야."

목덜미로 서늘한 것이 툭 떨어지는 기분이었다. 듣지 말아야 할 비밀을 엿들은 사람처럼 뒤따라가던 발걸음이 주춤거리며 박자를 놓쳤다.

하긴 그렇다. 이 길이 오늘 나를 위해 만들어진 것도 아니고 저들을 위해 생겨 난 것도 아니지 않은가.

이 길은 더 오래 전 어느 때부터인지도 모르던 때, 시작이라고 생각지도 않았고 길이라고 여기지도 않았던 그 순간에 이미 길로 정해져 있었다. 안달한다고 길이 달라지지 않는다는 거야 하늘도 알고 땅도 다 아는 일이었다.

그러나 아이는 남자의 말에 아랑곳하지 않고 여전히 투덜댔다. 어쩌면 아이가 곧 울어 버릴지도 모른다는 불안감이 들었고 아마 남자도 그런 낌새를 눈치챈 듯 보였다.

순간 남자가 아이의 가냘픈 어깨 위로 손을 올렸다. 그리곤 두어 번 토닥거리더니 조금 전과 다르게 더없이 부드럽고 사랑스런 음성으로 아이를 향해 말했다.

"힘든 거 나도 다 알아. 내가 왜 모르겠니."

남자는 아이 쪽으로 약간 몸을 튼 채 무어라 더 속삭였고 아이
가 보일 듯 말 듯 고개를 끄덕거렸다. 신기하게도 투덜거리던 아이
의 말소리가 서서히 잦아들기 시작했다. 그렇게 생각해서 그런지
남자와 아이의 발걸음도 한층 빨라진 듯 보였다.

야트막한 고개를 넘고 나서야 이웃집 여자와 일행이 길로 들어
섰다. 길을 잃은 게 아닌가 걱정했다며 여자가 사람 좋게 웃으며
배낭을 툭 쳤다.

일행이 나무 그늘에서 잠시 한숨을 돌리는데 남자와 사내아이
도 건너편에 서서 땀을 식히는 게 보였다. 나는 남자 쪽을 흘끔거
리며 여자의 수다에 건성으로 답을 했다.

남자와 아이가 휴식을 끝낼 때 일행에서 빠져나올 참이었는데
잠시 눈을 돌린 사이 남자와 아이가 보이지 않았다. 급할 거 없으
니 좀 더 쉬어 가자는 여자를 뿌리치고 길을 서둘렀다.

조금 전보다 훨씬 빠른 걸음으로 속도를 냈지만 그들의 모습은 쉽
게 잡히지 않았다. 그들의 걸음걸이로 보아 산을 빠져나가기에는 촉
박한 시간이었다. 더구나 남자의 말대로라면 이 길은 외길이라고 하
지 않았던가. 그러니 다른 길로 접어들었을 리는 없었다.

만나서 무얼 어쩌자는 생각도 없이 그렇게 길을 재촉하는데 산
의 끝자락 모퉁이가 보였다. 산이 끝나는 곳에 바다가 닿아 있을
거라던 여자의 말이 떠올랐다. 곧 바다가 나타날 것이고 그 앞에
남자와 사내아이가 서 있을 거라 믿었다. 아무리 빠른 걸음이라
해도 저 모퉁이를 벗어나기는 어려울 거였다.

급히 모퉁이를 돌아섰다.

하지만 남자와 사내아이는 보이지 않았다.

온통 초록으로 물 든 산기슭에 누군가 극적인 장면을 연출해 놓은 듯 하얀 세상이 펼쳐져 있을 뿐이었다.

흐드러지게 핀 찔레꽃 무더기가 바람에 날려 춤을 추고 있었고 앞서갔던 남자와 사내아이는 꿈을 꾼 듯 보이지 않았다. 그들 대신 초록 위를 누비는 경쾌한 선율처럼 찔레꽃의 향연이 펼쳐지고 있었다.

숨 막힐 듯 진한 찔레꽃 향기가 밀려왔다.

가벼운 현기증이 일었다.

조금 전 저 산길에서 나는 누구와 만났던 것일까.

정녕 꿈을 꾼 것일까.

산을 빠져나오자 바닷바람이 옷깃을 흔들었다.

나는 더 이상 남자와 사내아이를 찾지 않기로 했다. 바다로 향하는 일행 뒤에서 내가 넘어온 그 산을 돌아보았다. 그리곤 아무도 모르게 남자와 사내아이와 찔레꽃을 향해 손을 흔들었다.

나는 저 산을 곧 잊게 될 것이다.

하지만 낯모르는 어떤 남자와 사내아이 그리고 산모퉁이에서 만난 눈부신 찔레꽃의 향연을 잊지 못할 것이다.

지
처
자
빠
질
때
까
지

아무래도 '물밀 듯이'라는 말은 이런 경우에 쓰는 것 같다.

집을 나설 때 대충 한 움큼 떼어버리고 돌아올 때 다시 그만큼 떼어버리지만 한나절이 지나면 여전히 그대로였다. 색깔은 빨강이나 노랑이 대부분이고 업종은 당연히 '치킨, 족발, 피자' 등 배달음식이 상위권을 차지했다.

문구나 크기도 다양하다. 차에 앞에 끼워져 있는 '당일대출'이나 '오빠 오늘 시간 많아요'는 손 안에 들어올 수 있는 크기가 대부분이다. '지쳐 자빠질 때까지 이만 원'이라고 쓴 유흥업소 전단지도 있는데 나중에 들었는데 여기서 말하는 이만 원은 동네마다 다르다고 했다. 한때 '주인이 미쳤어요'라는 옷 할인매장의 전단지 문구가 있었는데 가능한 일인지 모르지만 90프로의 파격할인라고 하니 사실이라면 미칠 만도 할 것이다.

얼마 전 지금껏 보아왔던 전단지와 다른 엄숙한(?) 분위기의 그것을 보게 되었다. 그것은 근엄한 자태(?)로 대문 가운데를 마치 오래전부터 대문의 주인이기라도 한 양 당당히 자리 잡고 있었다.

소박한 흰색 a4용지에 검은 글씨로 글씨체는 익숙한 붓글씨라 아무리 노안이 온 사람이라도 한눈에 읽을 수 있는 큼직한 크기의 '가정최면교실'이라고 쓴 전단지였다.

분위기로 보면 예전 도서관에 쓰여 있던 '정숙'이나 흰 국화 화환에 달린 '근조'란 글씨와 비슷한 무게였다. 가정최면교실? 혼자 중얼거리며 눈길은 다음 줄로 훑고 내려갔다. '금연, 성적향상, 생활습관 개선, 게임중독 등등의 문제를 해결해드립니다' 그리고 조금 작은 글씨로 무료 설명회라고 덧붙여 있었다.

대문과 벽에 붙어 있는 전단지를 모조리 뜯어내는 내내 나는 무료와 설명회라는 단어를 곱씹고 있었다. 결국 대문에는 그 전단지 하나만 달랑 남았다. 아무래도 잠시 그것의 생사(?)를 유보해야 할 것 같았다. 떼어버릴 것인지 챙겨둘 것인지 고민스러웠다.

그 전단지가 그대로 붙어 있는 대문을 닫고 들어설 때 머릿속에서는 벌써 지퍼 라이터의 불빛과 '레드썬'이라고 속삭이는 소리가 들리는 듯했다. 언젠가 텔레비전에서 보았던 장면들이 최면에 대해 알고 있는 전부였다.

만약 선전문구대로 되기만 한다면 사람의 마음을 다른 사람처럼 바꾸어 놓을 수 있다는 얘긴데 전지전능과 만병통치의 경지였다.

가능한 걸까.

생각하다 웃음이 났다.

삶 안에 진정 전지전능한 그 무엇이 들어 있기나 한 것일까 의문스러웠다. 그러면서도 전지전능한 순간을 간절히 기다렸던 기억들이 불쑥 고개를 들었다.

처음 그런 경험을 한 것은 기억의 저편 아득한 어디쯤이었다.

어렸을 때 시골에 잠깐 산 기억이 있는데 산에 놀러 갔다가 길을 잃었다. 찢어지게 밝은 대낮이었는데도 산 속은 어두웠고 더 무서운 것은 혼자라는 거였다. 나도 모르게 하늘을 쳐다보며 울음을 터뜨리며 애타게 무엇을 기다렸다.

하지만 하늘은 손닿을 수 없는 아주 먼 곳이었다. 길을 잃은 게 아니라면 곱고 아름답다고 생각했을 테지만 그날은 높고 푸른 하늘이 야속하기만 했다.

어린 마음에 자꾸 걷다보면 산을 벗어나게 될 거라 믿었는데 산은 세상의 전부처럼 크고 넓었다. 계속 걷고 또 걸었고 다시 와 보면 제자리였다.

같은 장소를 맴돌면서도 산을 벗어나고 있다고 착각한 거였다. 계속 걷다보면 길을 찾을 수 있을 거라고 믿었던 생각들이 얼마나 어리석었는지.

나중에 알고 보니 이런 경우를 전문적인 말로 '링반데룽'(ring-wandering)이라 한다고 했다. 같은 길을 돌고 있으면서도 새로운 길로 접어든 것처럼 보여서 계속 한 지역 안을 벗어나지 못하게 되는데 산 속에서 길을 잃었을 때 흔히 일어나는 현상이란다.

한동안 나는 그 기억을 잊고 지냈다. 아니, 오랜 시간 동안이란 표현이 더 어울린다. 그런데 요즘 가끔씩 어제 일이거나 혹은 새벽녘에 스쳐간 선연한 한 토막 꿈처럼 그 일이 떠오르곤 했고 그럴 때마다 누군가 귓가에 속삭이는 듯했다.

"삶이란 그런 거야 산 속에서 길을 잃는 것처럼 쉼 없이 한 언저리를 맴도는 거."

삶의 여정이라는 게 새로운 길, 처음 보는 들, 꿈에 그리던 바다를 만나 어느 지점에 이르게 되는 거라 상상했던 적이 있다. 그런데 어느 날부터 이런 생각들을 허물기 시작했다.

삶이란, 운명이란 것은, 보이지 않는 틀과 일정한 구조를 갖고 있는 것처럼 보였다. 어떤 이는 산 속의 길을, 어떤 이는 숲으로 난 오솔길을, 또 어떤 이는 올림픽경기장 같은 길은 돌고 있는 게 아닐까.

그러니까 지금 걷고 있는 이 길은 어젠가 지나쳤던 길이고 나는 그 길을 순환하고 있는 거다.

그런데도 왜 매번 새로운 길처럼 보이는 걸까.

아이들과 천문대 구경을 갔던 적이 있다. 거기서 별자리를 쉽게 알아볼 수 있는 별자리 지도를 샀다. 이름 없는 별들은 탈락시키고 이름이 알려진 것만 선별한 모양인데 그런데도 처음 알게 된 별이 더 많았다.

무수히 많은 별들 가운데 나는 먼지보다도 작은 지구라 불리는 별에서 복작거리고 있는 거였다. 전지전능한 어떤 눈이 있다면 은하계는 물론이고 지구가 속한 태양계도 벗어나지 못한 채 작은 점에 갇혀 있는 나를 보고 안쓰러운 마음이 들지도 모를 일이다.

삶의 틀이 이와 비슷하다면 문제는 자기가 지나쳤던 길에 다시 들어섰는데도 왜 알아채지 못하는 것일까. 방향감각을 잃어서일까.

아니, 아니다. 길이 변한 거다. 왔던 길은 분명한데 길이 변하는 거다. 그래서 못 알아보는 거야. 그런데 길은 왜 변하나. 누군가 일부러 혼란에 빠뜨리려 장난을 치는 게 아니라면 멀쩡했던 길이 왜 변하나.

언젠가 그 길을 지나칠 때 뿌려놓았던 한 톨의 씨앗, 곳곳에 심어놓았던 어린 나무들, 무심한 발길질들이 그대로 머물러 있지 않고 싹트고 자라고 변형되어 가시밭길이, 꽃길이, 과수원길이 되었다는 것을 그 길을 걷는 사람만 모르고 있었던 거였다.

지구인이라면 누구든 은하계 중의 일부인 태양계에 속한 지구라는 푸른 별에서 태어나 죽게 되어 있다. 지구가 마음에 안 든다고 다른 별로 갈 수 없다. 처음, 아니 처음이란 말이 생기기 전부터 그랬다.

각자에게 주어진 길을 벗어날 수 없게 만들어져 있다. 숲길이든, 오솔길이든, 험악한 자갈길이든 처음이란 말이 생기기 전부터 그랬다. 자갈길을 걷고 있는 사람이 들으면 '누구 기 죽일 일 있느냐'고 화를 낼지도 모르겠다. 아마 그럴 것 같다.

하지만 이 분노는 길이 변한다는 것을 알기 전까지일 것이다.

한편으로는 일정한 노선을 순환하고 있는 자신의 아둔함에 대해 진정 다행스런 생각이 들지도 모른다.

내가 지나온 길이 어떻게 변했는지 돌아와 볼 수 있을 테니까.

물론 지쳐 자빠지기 전에 자신이 뿌린 씨가 꽃이 된 것을 보면 다행이고 또 지쳐 자빠진 후에 자신이 뿌린 씨가 가시넝쿨이 되었어도 다행일 것이다.

지쳐 자빠지려는 순간에 열매가 열려도 다행이고 씨앗이 말라비틀어져 삭막한 길을 걷는 슬픔을 감수하며 지쳐 자빠져도 다행일 것이다.

자신을 반성할 시간과 만나게 된다면 그 또한 다행 아니겠는가.

전지전능한 그 무엇이 존재한다면 '운명 매트릭스'를 만든 속셈이 거기 있는 것은 아닐까.

자기가 뿌린 씨앗, 자신이 지나쳐온 길과의 만남을 주선하려고.

'레드썬!' 다시 그 전단지 생각이 났다.

아직 대문에 붙어 있을까.

내 마음을 유혹한 것은 최면이나 설명회가 아니라 '무료'라는 문구였다. 마음을 결정하는데 무료냐 유료냐에 따라 판단이 빨라졌다. 뿐만 아니라 '무료'라는 의미가 주는 가벼움과 허탈함 때문에 크게 실망할 일도 없었다.

한달음에 대문으로 달려갔다. 바람도 없는 잔잔한 날이라 전단지가 떨어질 염려는 없었다.

헌데 나의 예상을 비웃기라도 하듯 거짓말처럼 '가정최면교실'이란 전단지는 사라져 버렸다. 말끔해진 대문을 바라보며 곰곰이 생각해 본다.

내가 잠시 최면에 걸린 거였을까.

얼마 전 해외 선교 활동을 하는 선교사를 만났다.

뜻한 바가 있어 조금 이른 나이에 퇴직하여 선교 봉사를 시작했다고 했다. 현실적인 문제도 있었을 텐데 그런 결정을 했다는 것이 그와 그 가족까지 존경스러워 보였다.

그는 무척 행복해 보였고 다행스럽게도 그의 부인이 아직 경제 활동을 하고 있어서 하고 싶은 일을 할 수 있었다고 했다.

그는 점점 말세로 치닫고 있는 요즘 세태를 안타까워하며 자신만이라도 세상을 바로 잡는 '하나님의 사업'에 동참해야겠다는 결심을 했다는 거였다.

함께 있던 사람들은 입을 모아 그의 결정을 칭송했다. 이런저런 이야기 끝에 자신은 아직 컴퓨터를 할 줄 모르며 인터넷도 모른다고 했다. 겨우 메일을 보는 정도인데 그런 일조차도 어느 땐 딸에게 부탁한다고 했다.

컴퓨터를 배우려면 충분히 배우고도 남을 나이였고 하물며 요즘은 노인들도 컴퓨터를 배우는 세상인데 내심 놀라웠다.

"내가 왜 그러는지 알아요?"

아무도 그 이유를 묻지 않자 좌중을 둘러보며 그가 오히려 되물었다.

사실 궁금하기는 했지만 그리 잘 아는 사이도 아니고 여러 사람 앞에서 그런 질문을 하는 게 상대의 마음을 거스르는 것은 아닐까 조심스러웠던 차였다.

"인터넷 들어가 보면 별의별 일이 다 있어요. 아마도 세상의 나쁜 것들은 다 모인 것 같아. 사행성 도박이며 음란 사이트며 살인 모의며 없는 게 없어. 악의 집합체 같다니까!"

그는 상상하는 것만으로도 전율이 느껴지는 듯 벌겋게 얼굴을 붉히며 말했다.

좌중에는 인터넷 오락 사이트에서 고스톱이나 바둑 장기를 즐기는 축도 있고 때때로 야동을 몰래 보는 축들도 있었다.

이들은 보통 평범하게 사회생활을 하는 건강한 사람들이었다. 남에게 지탄 받을 만한 짓을 하지도 않고 비윤리적이거나 부도덕한 행위를 하는 부류도 아니지만 그의 말을 들으니 파렴치한이라도 된 기분이었다.

"그래서 내가 컴퓨터도 배우지 않고 인터넷도 하지 않는 거라니까. 얼마나 나쁜 게 많은 곳이냐 말야!"

그는 모인 사람들을 훑어보며 당장 인터넷을 끊으라고 재촉하는 듯한 눈빛이었다.

그는 자신이 하고 있는 해외 봉사활동에 대해 늘어놓았다. 어렵게 사는 사람들의 이야기며 우리가 얼마나 풍요롭게 살고 있는 것인지 알아야 된다고 강조했다. 몇몇은 그의 말에 적극 동의했고 성금을 보내겠다며 계좌 번호를 받아 적었다. 그렇지 않은 사람들은 죄인들처럼 뻘쭘하게 앉아 있었다.

구구절절 옳은 말이었고 굳이 예를 들지 않아도 눈만 뜨면 듣고 보는 일이니 반론의 여지가 없었다.

인터넷을 들여다보고 있노라면 두 개의 세상을 들락날락하는 것처럼 느껴지곤 했다. 실제 눈으로 보고 손으로 만질 수 있는 세상과 만지거나 보이지 않지만 분명 존재하는 가상의 세상을 보고 있는 것 같았다.

어느 땐 실제의 세상보다 가상의 세상이 더 현실감 있고 강력하게 다가오기도 했다. 우리가 숨 쉬는 세상에 선과 악, 미와 추가 존재하듯 가상의 세상에도 똑같이 그런 것들이 존재한다는 얘기였다.

인터넷이 우리 생활에 지금처럼 깊숙이 들어오지 않았을 때에는 현실의 선과 악만 구별하며 살면 되었는데 이제는 가상의 세상에서 벌어지는 선과 악까지 피해야 하는 복잡한 세상이 된 거였다.

그래서 그는 가상의 세상을 버리고 실제의 세상만 선택적으로 살고 있는 것 같았다. 그의 선택을 좋다거나 나쁘다고 결론지을 자신은 없지만 왠지 모르게 부자연스러워 보였다. 꼭 그렇게 해야 오염되지 않고 살 수 있는 것일까 의문이 들었다.

사람들을 나쁘게 만들 수 있는 '꺼리'를 찾자면 인터넷을 뒤질 것도 없이 우리 주변 곳곳에 널리고 널려 있다. 손만 뻗으면 다 독이 될 수 있는 것들 아닌가.

학교 주변을 조금 벗어나기만 하면 사행성 PC방이 있고 술집이며 노래방이며 이뿐 아니라 이름도 생소한 '귀 청소방'이라는 것도 있다. 무엇을 할 때 이런 업소를 찾아야 하는 것인지조차 모르지만 떳떳한 일을 벌이는 곳은 아닌 것 같았다.

손으로 꼽기에도 부족할 만큼 많고 많은 유흥업소가 줄을 이었고 뉴스를 보면 나오는 갖가지 해괴한 범죄들은 우리가 사는 이곳이 진정 사람이 살만한 곳인지 의문이 들게 했다.

내가 어렸을 때에도 어른들은 '세상 말세야 말세'라고 입버릇처럼 말했고 세상이 어떻게 되려고 애들이 이 모양이냐고 나무라곤 했었다. 지금이야 인터넷이지만 그 당시에는 애들이 텔레비전 보는 것을 걱정스러워하는 어른들이 많았다. 어떤 이들은 텔레비전에 '바보상자'라는 별명을 붙여 텔레비전 보는 아이들에게 바보가 되고 싶어 바보상자에 빠졌느냐고 했다.

나 역시 어른들의 걱정스런 눈총을 받으며 주말의 명화로 외국 영화를 보았고 만화영화에 연속극까지 섭렵하며 어린 시절을 보냈다. 그런 한 시절을 거쳐 어른이 되었다.

성인이 되어 인터넷을 접했는데 텔레비전을 처음 보았을 때보다 더 놀랍고 신기했다. 지금껏 보았던 세상과 너무 달라서 두렵고 무섭기까지 했다.

가장 두렵게 느껴졌던 것은 인터넷을 통해 알게 되는 사람들이었다. 그래서 한동안 인터넷을 사무적이고 기계적인 일에만 사용했고 온라인을 통해 알게 되는 사람과 교류하는 것을 꺼려했었다. 그러다 우연한 기회에 인터넷을 통해 알게 된 사람들을 만날 기회가 있었다.

그때까지 온라인을 통해 만난 사람들은 지금껏 보아왔던 사람들과 다를 거라는 선입견을 가지고 있었다. 기름진 눈빛에 유들거리는 말을 뱉는 그런 인종(?)일 거라 여겼다. 그런 인종들과 만나게 되면 나까지 그렇게 되는 것은 아닐까 겁이 났다.

하지만 차츰 사람들을 만나고 알아가다 보니 머리카락 속에 뿔을 숨기고 있다거나 흉측스러운 털을 옷으로 가린 사람들이 아닌 동네 어귀에서 마주치는 평범한 사람들과 다르지 않다는 것을 알게 되었다.

어느 땐 오래 알고 지낸 지인들보다 인터넷 안의 그들과 더 깊은 속내를 나누기도 했다.

어릴 적 어른들은 입버릇처럼 아이들에게 텔레비전만 보지 말고 공부해라. 텔레비전 봐서 좋을 거 하나도 없어. 애들이 저런 걸 봐서 어떡해. 바보상자에 빠지면 어떻게 하느냐며 걱정스러워했다.

물론 지금도 시청자를 바보로 만드는 프로그램이 많은 게 사실이었다.

하지만 대부분의 아이들은 텔레비전을 보며 바르게 자라왔다. 바보가 되지 않았다.

한때 아는 이들과 가족 모임을 한 적이 있었는데 저녁을 먹고 나면 으레 노래방으로 가곤 했었다. 그리 좋은 문화라고 할 수는 없지만 저녁만 먹고 그냥 헤어지기도 섭섭하고 싱거운 일이라 심심풀이 삼아 갔었다.

그때 유독 한 사람이 자신은 노래방에 가지 않겠다며 뒤처졌다. 처음에는 무슨 사정이 있나 어디 아프기라도 한 것 아닌가 모두 걱정했다.

나중에 알고 보니 자신은 노래방을 불순하고 타락한 곳이라고 여기기 때문에 싫어한다는 거였다. 마음을 돌려 보려 아무리 구슬려도 헛수고였다. 도리 없이 그 사람을 남겨두고 노래방으로 향하긴 했지만 잘 먹은 저녁이 갑자기 거북스러웠다.

건전하게 살아왔다고 믿었는데 한순간 타락한 인간으로 몰리는 것 같아서였다. 그때 노래방에 함께 갔던 사람들은 지금까지 모두 건강한 사회인으로 잘 살고 있다. 노래방 때문에 샛길로 접어든 사람은 없었다.

세상을 건강한 정신으로 살아낸다는 것은 무엇일까.

청정지역으로 들어가서 오염되지 않은 환경 속에서 사는 것이 건강한 삶인가. 타락하지 않기 위해 인터넷이나 텔레비전을 보지 않는 것만으로 해결될 수 있는 것일까.

인터넷이 오염되었다고 인터넷을 끊고 텔레비전이 바보상자라고 텔레비전을 보지 않고 노래방의 불건전한 일면 때문에 거부한다면 보통의 사람들은 어디 살아야 하나. 산 속으로 가야 하나.

오염된 인터넷 안에서 건강하게 살아남고, 텔레비전을 보면서도 바보가 되지 않고, 노래방에 다니면서도 반듯한 사람이 되면 되는 거 아닌가.

어차피 문명사회의 갖가지 오락적인 환경 안에 살 수밖에 없는 거라면 그것들의 양면 중 좋은 쪽을 선택할 수 있는 자신만의 가치관을 먼저 갖추어야 하는 게 아닐까.

오염된 곳에서도 자신의 건강성을 유지할 수 있는 사람이야말로 진정 건강한 사람 아닐까 싶다.

건강성이란 자신이 키우고 다질 때 자신의 것이 되는 것이지 환경에 좌지우지된다면 그걸 건강하다고 말할 수 없지 않은가.

사슬처럼

어둠을 뚫고 달리던 전철이 갑자기 환해졌다.

명주 실타래처럼 고운 햇살이 차일처럼 드리운 초록 벌판이 한눈에 들어왔다. 유기농농장에 답사를 가자는 그녀의 느닷없는 호출을 구실삼아 급작스럽게 잡힌 약속이었다.

전철 홈에서 기다고 있는 그녀는 근 일 년 만에 보는 얼굴인데도 변함없이 소녀 같았다. '소녀 같은 그녀'와 함께 대합실로 들어서니 해맑은 얼굴의 또 다른 그녀가 손을 흔들었다.

세상사 마음먹은 대로 되지 않는다는 거야 익히 알고 있으니 놀랄 것도 없지만 황당한 것은 자신의 삶에서 일어나는 불행과 죽음에 정작 자신은 관여하지 못한다는 거였다. 이런 구조가 억울하다는 생각이 들 때가 종종 있었다.

제 삶을 제가 알지 못한 채 엄청난 일들이 다가오고 스쳐갈 뿐만 아니라 어느 땐 이미 지나간 후에야 무엇인가 가버렸다는 것을 눈치채기도 했다. 그나마 이런 불합리한 구조를 보상해 주는 것이 예고 없이 다가오는 선물 같은 인연들이었다.

누군가 보내온 꽃다발처럼 찾아온 그녀들과의 인연 역시 그러했다.

대합실에서 기다리고 있는 그녀는 깊은 우물처럼 여전히 신비스러웠다.

어릴 적 두레박을 던지면 조금 후에야 물소리가 나는 우물을 본 적이 있었다. 아무리 가물어도 마르지 않는 깊은 우물이었다. 아득해 보이는 우물 밑이 늘 궁금했었고 어린 마음에 우물 밑으로 가면 다른 세계로 가는 길이 있을지 모른다는 상상을 했었다.

다른 세계로 통하는 길이 거기 있을 리 없다는 것을 안 후에도 우물 밑에 신비스런 무엇인가가 있을지 모른다는 공상은 여전했다.

그녀를 만날 때마다 까마득히 잊고 있던 그 우물이 떠올랐는데 왜 그런지 나도 모르겠다. 내 생각이라고 내가 다 아는 건 아니고 어느 땐 생각의 주인이 내가 아닌 때도 있으니까.

역 앞에는 '소녀 같은 그녀'의 후배 둘이 차에서 기다리고 있었다. 유기농농산물에 대한 논문을 쓰는 중이라는 '소녀 같은 그녀'는 서울 근교에서 유기농농장을 찾는 일부터 만만치 않았는데 일면식 없는 농장 주인에게 인터뷰를 부탁하는 일은 더욱 쉽지 않았다고 했다.

후배의 차에 오른 우리는 그런저런 걱정거리는 잠시 뒤로 미루고 그동안의 안부를 물으며 '소녀 같은 그녀'의 후배를 소개받았다. 다시 내가 '우물처럼 깊은 그녀'를 소개하는 호들갑스럽고 두서없는 인사가 대충 끝났다.

이내 차가 시골길로 접어드는가 싶더니 큰 비닐하우스 앞에서 멈췄다.

작물들이 자라는 하우스 안은 사우나처럼 뜨거워서 들어서자마자 땀이 흘렀다. 사십 대 후반의 농장 주인은 귀찮은 내색 없이 유기농 농산물에 관한 질문에 차근차근 대답해주며 연녹색 융단처럼 펼쳐진 작물들을 일일이 설명해 주었다.

시골에서 생활한 적이 없고 농작물을 길러 보지도 못했지만 농장 주인의 세세한 설명을 들으니 대충 알고 있던 농사라는 게 굉장히 과학적이고 치밀한 일이구나 싶었다.

건강한 토양에서 천연 거름을 먹고 자란 것들이라 그런지 햇살 아래 속살을 드러낸 어린 싹들은 보기 좋게 윤기가 흘렀다.

사람이나 식물이나 건강한 것에서 뿜어져 나오는 무엇이 있는 모양이었다. 잘 살아온 사람에게서 나는 은은한 광채 같았다. 사람 간의 만남도 건강한 환경과 토양이 있어야 잘 뻗어나가듯이 채소들이 자라는 모양도 사람 사는 이치와 다르지 않아 보였다.

눈을 돌려 하우스 입구의 농장주인의 사무실 안을 슬쩍 엿보았다. 지자체에서 받은 상장과 지방신문에 난 기사 스크랩이 즐비했다. 농장주인은 〈여섯 시 내 고향〉에 나오는 푸근한 시골 아저씨와 달리 유능한 기업인 같았다.

'우물처럼 깊은 그녀'는 유기농농산물에 대한 논문을 쓰기 위해 인터뷰 나온 '소녀 같은 그녀'보다 더 열심히 농장 주인의 말에 귀를 기울이며 더위도 잊은 듯했다.

이곳에 오자고 한 것은 '소녀 같은 그녀'인데 '우물처럼 깊은 그녀'가 더 적극적이었다. '우물처럼 깊은 그녀'가 유기농 먹거리에 관심이 많다는 것은 알고 있었지만 오늘 보니 생각했던 보다 훨씬 큰 관심을 보였다.

'소녀 같은 그녀'와 농장 주인의 인터뷰가 채 끝나기도 전에 승합차 한 대가 농장 앞에 멈추는 것이 보였다. 농장 주인은 이미 알고 있었던 듯 승합차에서 내리는 사람들을 반갑게 맞았다.

다른 지역 농업기술센터에서 이 농장을 견학 온 사람들이었다. 농부라면 으레 밭고랑에 엎드려 흙을 파며 굵은 땀방울을 흘리는 것으로 여겼는데 현실은 달랐다. 농업이 전문화되고 기계화된다는 느낌이 피부에 닿았다.

하기야 농장이란 말보다 농산물공장이란 말이 더 어울리는 요즘 시대에 고정관념이 불러온 오류일 터였다. 농사나 농촌의 현실을 모르는 사람의 감상주의가 아닐까 싶었다.

농촌이 더 젊어져서 농사가 기계화되고 첨단화되어야 건강하게 살 수 있는 거라고 생각하면서도 현실로 돌아오면 여전히 고정관념에 머물곤 했다.

저들처럼 같은 업종의 사람들을 만나 정보를 교환하고 기술을 나누는 일도 농사의 일부일 거였다.

'소녀 같은 그녀'가 농장주를 따라다니며 질문을 이어갔고 '우물처럼 깊은 그녀'는 승합차에서 내린 기술센터 사람들과 농사며 농산물이며 자연과 환경에 대해 스스럼없이 이야기를 나누었다.

유기농농산물 매니아인 것은 물론이고 귀향을 꿈꾸는 '우물처럼 깊은 그녀'에게 농사를 짓는 사람들과의 만남은 남다를 듯싶었다.

'소녀 같은 그녀'와 '우물처럼 깊은 그녀'가 물을 만난 듯 농사에 대한 이런저런 이야기를 나누는 동안 나는 비닐하우스 주변을 둘러보았다.

비닐하우스 옆에는 도라지며 박꽃 그리고 더덕 꽃이 흐드러지게 피어 있었다. 도시에서 보기 힘든 더덕, 도라지, 박꽃이지만 이곳에서는 농작물보다 서열(?)이 낮은 듯했다.

상점에 진열되어 있는 꽃들처럼 깔끔하고 세련되어 보이지는 않지만 푸른 하늘을 향해 거침없이 뻗어 올라가는 더덕넝쿨을 보니 한없이 자유롭고 평화로워 보였다. 저렇게 자란 더덕이며 도라지의 뿌리는 아마 천연의 달고 쌉싸름한 맛일 것 같았다.

도시에서 조금 벗어난 곳인데도 아주 멀리 떠나온 듯 낯설고 신선했다. 시골 태생이든 아니든 사람들의 피 속에는 자연을 그리워하는 선천적인 인자가 들어 있는 것은 아닐까.

자연에 대한 그리움이란 봄날 언덕에 피어나는 아지랑이처럼 막연하지만 매혹적인 그 무엇이 있는 것 같았다. 하기야 인간도 결국은 자연에서 태어나고 자연으로 돌아가는 자연의 일부이고 구성원일테니 자연에 대한 그리움은 당연한 것인지도 모른다.

'우물처럼 깊은 그녀'와 '소녀 같은 그녀'가 무공해 먹거리를 지키는 일을 넘어 자연 파괴의 심각성과 지구환경까지 걱정하는 동안 나는 더덕 꽃 위의 파란 하늘과 무심히 흘러가는 흰 구름을 바라보았다.

건강하다는 것은 무엇인가.

건강한 토양, 건강한 양분, 건강한 바람… 그런 건강한 환경들이 건강한 식물을 만들고 자연을 만드는 것이라면 이 모든 것들은 보이지 않는 사슬로 연결되어 있을 터였다.

한 사슬이 어긋나면 이어진 다른 사슬들 또한 어긋나게 될 것이다.

자연의 이치가 결국 세상의 이치라면 얽히고설킨 인간의 관계도 이와 다르지 않을 것이리라.

그렇다면 나는 어떤 사람일까.

사슬처럼 연결된 인연을 자연스런 소멸의 시간까지 무사히 이어 갈 수 있는 건강성이 진정 있는 것인지 의문스러웠다.

대개의 부모들이 남의 자식 때문에 내 자식이 잘못되고 어긋나게 되었다고 탓하는 경우가 허다했다. 그러면서도 내 자식 때문에 남의 자식이 어긋나는 것은 대수롭지 않게 여겼다.

누구 탓을 하기 전에 나와 남은 서로가 서로에게 영향력을 미치며 사슬처럼 연결되어 있는 관계였다.

자연 안의 모든 동식물은 그물코처럼 이어져 거대한 사슬을 이루고 있다. 한 코가 뚫리면 이어진 코가 풀리며 질서정연하게 이어진 사슬이 풀리게 되었다.

  나와 그녀들 역시 사슬 안의 한 코였다.

  무심히 보이는 나무며 잡초, 한낱 벌레들도 한 코 한 코 이어진 존재들 아니겠는가.

소
멸
의 시
간
까
지

⋮

사는 게 녹녹지 않다는 거야 살아 본 사람이라면 다 아는 일이지만 예기치 못한 문제에 부딪힐 때마다 새삼스럽고 난감했다.

그날따라 그녀는 오류를 일으키는 네비게이션을 따라 없는 길을 찾아 헤매는 사람처럼 허둥거렸다. 뭔가 잘못 작동되고 있다는 것을 알아챘지만 멈추거나 돌리지 못하는 것 같았다.

그녀의 이야기를 듣는 나 역시 무엇이 어디서부터 어긋난 것인지 종잡을 수 없어서 입에 발린 조언이나 충고도 할 수 없었다.

인생이 던지는 문제 앞에 정답이란 없고 그저 해답이 있을 뿐이라고 아무리 우겨도 해결에 도움이 되는 것은 아니었다.

그녀가 풀어놓은 이야기는 연속극의 단골메뉴로 등장하는 불륜

이야기였다. 살 만큼 살았기에 어지간한 맛에는 무뎌질 대로 무뎌져서 쓴맛조차 그리워질 나이였지만 상대의 불륜 앞에서 담담할 사람이 몇이나 되겠느냐고 했다. 그녀의 반문에 어떤 답도 할 자신이 없었다.

그녀는 자신이 예민한 성격도 아니고 지나치게 남편을 의심하는 사람도 아니라고 했다. 보통의 평범한 여자라는 것을 강조했다. 나역시 그녀를 보통의 여자라고 생각했다. 조금 예민하거나 약간 둔하다는 것 역시 모두 보통의 테두리에 들어가는 거라고 여겼기에 그녀가 특별하다고 생각하지 않았다.

"더 견딜 수 없는 것은 나를 의부증 환자로 모는 거예요. 차라리 잠깐 한눈을 팔았다고, 어쩌다보니 실수했노라고 인정하고 빌면 화는 나지만 어쩌겠어요. 이혼이 무슨 애들 장난도 아니니 넘어갈 수도 있는데 내가 예민해서 괜히 사람 잡는 거라며 오히려 나를 닦달하니 약이 올라서라도 어떻게든 밝혀내고 싶다니까요!"

자신이 평범한 사람이라는 것을 강조한 이유를 알 것 같았다. 남편에 대한 의심이 비정상적인 것이 아니라는 뜻이었다.

말을 할 때마다 그녀의 눈에서 파란 불빛이 나오는 것처럼 번뜩거렸다. 그래서 다 밝혀내서… 이혼하겠다는 건가? 그녀를 향해 묻고 싶었지만 차마 입이 떨어지지 않았다.

상처로 아파하는 그녀를 막다른 골목으로 밀어 넣고 마지막 주먹을 날리는 것처럼 잔인한 질문이 될 것 같았다. 그녀의 생에서 벌어진 사건의 답은 그녀가 쥐고 있기 마련이니 내가 나설 일도 아니었다.

"다 아는데 딱 잡아떼더라니까요!"

상대 여자의 전화번호까지 알아냈는데도 그녀의 남편은 아니라고 펄펄 뛰며 의심증이 도졌다고 덮어씌운다는 거였다. 때문에 그녀는 뒷조사를 해주는 업체를 알아보고 있는데 비용이 만만치 않다고 했다.

그녀가 남편의 뒷조사를 하기로 결심한 것은 옴짝달싹도 할 수 없는 불륜의 증거를 들이밀어 코를 납작하게 만들기 위해서라고 했다. 자신의 의심이 병적인 것이 아니라는 것을 밝혀내면 자연스럽게 남편의 불륜과 거짓말이 드러나게 되는 거 아니냐고 했다.

그래서 그 다음에는? 여자의 이야기를 들으며 줄곧 드는 생각이었지만 내색하지 않았다. 여자의 말을 들을수록 그녀가 원하는 마지막이 무엇인지 궁금했다. 그녀는 대체 어디로 가고 있는 것인가.

길을 벗어난 남편을 제자리로 돌아오게 하는 것이 목적이었을 텐데 지금 그렇게 하고 있는 것인지 의문스러웠다. 원래 가졌던 생각은 씻은 듯 사라지고 오직 남은 것은 남편의 불륜을 파헤쳐내는 데 골몰하는 것 같았다.

처음에는 그녀가 자신의 생각을 지배했지만 지금은 오히려 자신의 감정에 지배당하고 있는 것 같았다.

하지만 그런 그녀를 섣부르게 비난할 수 없었다. 가까운 사람으로부터 받는 상처에 담담할 수 있다면 그것이야말로 이상한 일 아니겠는가.

아무리 머리를 쥐어짜 보아도 살아가면서 부딪히는 문제에 대단한 비법이나 묘수가 있을 리 없었다.

그녀는 지금까지 시부모를 모시고 살아왔고 몇 년 전에는 큰 수술을 받아 생사를 넘나들었다. 인생의 굽이굽이를 가장 가까이에서 본 당사자가 바로 그녀의 남편이었다.

믿었던 사람으로부터의 배신이란 산 채로 죽음을 경험하는 것처럼 모진 것이 아닌가. 분노로 치를 떠는 그녀가 이해되지 않는 것은 아니었다.

"죽고 사는 일도 아니니 내 몸부터 챙겨요. 내 몸이 제일 소중한 거니까. 내가 없으면 세상도 없어요."

남편의 험담을 실컷 털어놓은 그녀에게 나는 배신당하지 않은 자의 여유로밖에 보이지 않는 충고를 건넸다.

"그건 그래요. 내가 얼마나 힘들게 살아왔는지 아는 놈이 그런 짓을 하다니!"

아무리 다른 이야기를 끌어들이려 해도 그녀의 이야기는 어김없이 남편에게로 흘러갔다. 남편에 대한 분노는 깊은 골짜기로 흘러가는 물처럼 모아졌다. 큰물이 모며 산등성이를 무너뜨리며 쏟아져 내릴 것 같았다.

그녀가 다녀간 뒤 한동안 그녀의 그늘진 눈자위와 마른 어깨가 눈에 아른거렸다.

그 후의 일들이 궁금했지만 선뜻 연락할 수 없었다. 값싼 호기심으로 여겨질 것 같아 조심스러웠다.

누구도 답을 줄 수 없는 문제이고 오롯이 그녀가 답을 내야 하는 거였다. 시간과 함께 곪든 썩든 할 것을 알기 때문에 안타깝지만 도리가 없었다.

그러던 어느 날 그녀를 우연히 길에서 마주치게 되었다.

개인 사무실을 운영하니 시간에 얽매이지 않는다지만 출근이라고 하기에는 너무 늦은 시각이었다. 부석부석한 얼굴과 아무렇게나 풀어헤친 머리칼, 사막을 건너온 듯 마른 입술이 보기에도 안쓰러웠다.

그녀의 소식이 내내 궁금하던 차인지라 먼저 다가섰다.

그런데 지난번 남편의 뒷조사를 하겠다며 벌겋게 열을 내던 때와 확실히 달라 보였다. 땅 밑으로 가라앉은 듯 조용하고 무거운 느낌이었다.

겉도는 인사가 끝나자 여자는 내 입을 막기라도 하듯 돌아섰다. 바쁘게 해결할 일이 있다고 했지만 왠지 믿기지 않았다. 어쩌면 지난번 나에게 털어놓은 이야기를 후회하고 있는지도 모를 일이었다.

사는 일이라는 게 알 수 없는 물질들이 광속으로 날아오는 무한대의 우주 공간을 맨몸으로 달리는 것처럼 조마조마한 일이 아닐까 싶다.

때론 우연히 행운과 마주치기도 하지만 대개는 불운과 만나지 않으려고 이리저리 몸을 피하다 불운이 먼저 알고 길목을 지키는 일이 허다했다. 그러고 보면 아무렇게나 불규칙하게 다가오고 있는 것처럼 보이는 불운 혹은 불행이라는 괴물체들도 어쩌면 나름대로의 법칙과 생명력으로 무장하고 있는 것은 아닐까 싶다.

대개의 사람들이 흉측하고 불쾌한 일들과 오래 동거(?)하고 싶지 않아서 온갖 방법을 짜내 보지만 그건 당하는 사람의 마음이지 불행은 쉽게 협조하지 않았다.

불행, 불운 혹은 재수 없는 일들은 보이지 않는 생명력을 갖고 사람을 숙주로 삼아 번식하곤 했다. 살아남자면 온 힘을 다해 그것들과 싸워 내야 하는데 무엇을 무기로 삼을 수 있을까. 진정 그 것을 당해 낼 무기가 있기나 한 것인지 걱정스러웠다.

분명한 것은 불행에 대처할 필살기가 삶 안에 포함되어 있는지 없는지 알 수 없다는 거였다. 설령 있다고 해도 불행이나 불운은 방심한 틈을 타서 나타났다. 필살기를 준비할 시간을 주지 않았다.

느닷없이 불행과 마주치게 되면 대개의 사람들은 고통스러운 시간을 한시라도 빨리 빠져나오려 기를 쓰지만 그렇게 과도한 에너지를 퍼붓는다고 불행의 수명(?)이 단축되지 않았다.

불행에는 고유한 생명력이 있고 소멸되는 시간이 필요하기 때문이었다.

세상에서 벌어지는 일들에는 나쁘든 좋든 보이지 않는 생성과 소멸의 단계가 있다. 아무리 기를 써도 그것들의 수명이 남아 있는 한 사라지지 않았다. 소멸의 시간이 될 때까지 동거(?)하는 수밖에 없다. 때론 생성되자마자 소멸하는 것도 있겠지만 자연의 이치란 게 못되고 성가신 것일수록 끈질기고 지독스러웠다.

그녀가 삶 안에 숨어 있는 필살기를 찾아내어 불청객처럼 찾아온 불행의 급소에 꽂을 수 있다면 얼마나 다행스럽겠는가. 하지만 그렇게 하지 못했다고 낙담하지 않기를 바랄 뿐이었다.

아무리 질기고 모진 것들이라 해도 생명력이 있는 거라면, 정해진 시간 동안만 존재할 것이고 그 시간이 지나면 모두 소멸한다는 거였다. 그녀에게 찾아온 불행도 마찬가지일 것이다.

길모퉁이로 사라지는 그녀의 하늘색 스커트를 한동안 바라보며 고통이 소멸되기 전에 그녀가 먼저 소진되지 않기를 빌었다.

슬픔에게 미안해

:
:

짙은 안개처럼 고여 있던 졸음기가 서서히 엷어졌다.

풀어졌던 의식이 조금씩 또렷하게 모습을 드러냈다. 시계를 보지 않아도 대강 어느 즈음인지 몸이 먼저 알아챘다. 아직 이른 시각이니 그냥 누워 있어도 된다는 신호를 보냈다. 깬 것도 잠든 것도 아닌 몽롱한 의식을 야금야금 즐겼다. 흘러가는 물결에 내려앉은 나뭇잎이 된 것처럼 가볍고 유연한 순간이었다.

그 고요하고 잔잔한 여명을 산산조각내는 듯 집 밖으로부터 숨이 멎는 듯한 통곡 소리가 들렸다. 하루를 시작하기에는 아직 이른 꼭두새벽이었다.

느긋하게 게으름을 피우던 의식이 뻣뻣이 일어나며 머리칼이 쭈

뻣 일어섰다.

이어 울음소리에 섞인 두서없는 말들이 퍼즐 조각처럼 와르르 쏟아졌다.

"알아 안다구… 그런데 왜 그랬어… 왜 그런 거야… 어쩌자구 왜… 왜 그랬어."

여자의 말은 울음과 범벅이 되어 절박한 비명 같았다. 휴대전화를 받고 있는 모양인데 휴대전화 속 상대를 향해 울부짖었다.

잠든 척 그냥 누워 있었지만 새벽의 평온은 이미 물 건너갔다. 그냥 울음이 아니라 치밀어 오르는 것을 토해내는 듯한 절규 사이로 말이라기엔 너무 절절한 단어들이 끼어들었다.

여자는 집 밖 골목에 있는 것 같았다.

몸을 일으켜 골목으로 난 창문을 열면 여자를 확인할 수 있겠지만 선뜻 움직여지지 않았다. 여자가 처한 처참한 상황을 구경꾼이 되어 본다는 게 부담스러웠다. 단순히 부담스러운 게 아니라 여자와 마주치게 될까 두려운 것인지도 모른다.

"아니, 대체 이 시각에… 이래도 되는 건가…."

자는 척 눈을 감고 있는 나를 살피던 그가 내 발을 툭툭 쳤다.

"알아요… 그냥 있어요…."

일어나서 밖에 나가보라는 의도였지만 모른 척 무시했다. 그럴 리 없겠지만 통곡하는 여자에게 들리기라도 할 것 같아 말소리가 낮아졌다.

"이 시각에 이래도 되는 거야? 무슨 일인지 모르지만 새벽부터…"

내 반응이 신통치 않았는지 혼자 투덜거리다 돌아누웠다.

그도 여자의 얼굴을 볼 엄두가 나지 않는지 창문을 열지 않았다.

여자는 여전히 통곡했고 통곡 소리가 들리지 않을 리 없는데 골목 안 사람들도 숨을 죽인 듯 잠잠했다.

여자의 통곡 소리에서 느껴지는 비통한 기류를 차마 방해할 수 없는 모양이었다.

"왜, 왜 그랬어 난 언제나 니 편이잖아."

여자가 여전히 휴대전화에 대고 툭툭 끊어지는 말을 했다.

눈을 감고 있지만 여자의 흐느낌과 말소리 그리고 미묘한 감정의 흔들림이 눈에 보이는 듯 세세히 그려졌다. 감당할 수 없는 슬픔이 갑자기 닥쳤을 때 아마도 저럴 것 같았다.

살다보면 그런 날들이 있다.

가슴 속에 슬픔이 가득 차올라 더 이상 꾹꾹 누를 수 없는 날이 누구에게든 있다. 누구를 붙잡고 털어놓지도 못하고 속으로 삭히다가 결국 터져버리는 순간이 왜 없겠는가. 크게 소리라도 지르고 통곡이라도 할 수 있으면 좋겠지만 대개 그러지 못한다. 남들 앞에서는 슬프지 않은 척 아무렇지 않은 척 가면을 쓰곤 했다.

슬픈 감정을 갖는 게 무슨 잘못을 저지르는 게 아닌데도 사람들은 슬픔이 전염되기라도 하는 것처럼 슬픈 사람 곁에 오는 것을 꺼렸다. 기쁨이나 슬픔 모두 사람들의 마음에서 일어나는 자연스런 감정이지만 기쁨에는 너그러워도 슬픔에 대해서는 거리를 두고 싶어 했다.

저렇게 비통해 하는 여자에게 무슨 말을 할 수 있을까 머리를 짜 보아도 답이 없었다.

여자는 여전히 흐느끼고 있는데 낯선 말소리가 조심스럽게 끼어들었다. 잠이 깨지 않은 척 미동도 하지 않았지만 낯선 말소리에 청각이 예민하게 촉을 세웠다.

"앞집 아줌마가 나와서 여자에게 뭐라고 말하네. 여자가 벽 틈바구니로 들어가서 쪼그려 앉았어."

인내심의 한계에 다다른 그가 마침내 골목이 보이는 창에 얼굴을 내밀며 여자의 상태를 전했다.

나는 여전히 눈을 감은 채 그대로 있었다.

좁은 벽 사이 틈바구니로 끼어든 여자의 모습을 그려보았다. 마음대로 슬픔을 표현할 수 없는 상황이 벽에 낀 현실과 닮아 보였다.

앞집 아줌마 때문인지 여자의 울음이 주눅 든 듯 잦아들었다.

사람은 얼마나 오래 웃을 수 있을까. 한 시간 혹은 두 시간 아니면 몇 날 며칠을 줄곧 웃을 수 있나? 정상적인 신체 구조를 가진 사람이라면 그럴 수 없겠지.

그렇다면 얼마나 오래 울 수 있나. 한 시간 혹은 두 시간 아니면 몇 날 며칠 줄곧 울 수 있나? 그것 역시 어려운 일이겠지. 하지만 적어도 웃음보다는 눈물을 더 오래 흘릴 수 있을 것 같았다.

눈물은 마음속에 꽁꽁 언 얼음이 녹아 흐르는 것과 비슷할 것 같았다. 여자는 마음속에 얼어붙은 슬픔을 녹이는 중일지도 모른다.

하지만 슬픔조차 마음대로 퍼 올릴 수 없는 게 현실이었다. 여자뿐 아니라 이 골목의 누구도 자유롭게 슬픔을 표현하기 어려운 환경이었다.

할 수 있다면 여자가 마음껏 울 수 있게 해주고 싶었다. 슬픈 사람들이 마음 놓고 슬퍼할 수 있는 환경이라면 저 여자도 지금보다는 덜 초라하고 비참할 텐데.

연암 박지원의 『열하일기』 중 연암이 연경으로 가다가 넓은 벌판을 바라보며 '울기 좋은 장소'라고 표현한 대목이 떠올랐다. 마음 놓고 울 수 있는 자리가 없기는 예나 지금이나 다르지 않은 모양이었다.

앞집 아줌마의 잔소리 때문인지 여자가 애써 울음을 참는 모양이었다. 통곡 소리 대신 끅끅 울음을 참는 소리가 송곳처럼 꽂혔다.

살다보면 웃을 일 보다 울 수밖에 없는 일이 더 많을지도 모른다. 옛날이나 지금이나 슬픔을 누르며 살아내는 것이 보통 사람들의 삶일 터였다. 슬픔 끝으로 아주 짧은 순간 찾아오는 한 줄기 빛 같은 기쁨 때문에 막연한 기대를 붙잡고 살아가는 것이다. 기쁨이 빛나는 것은 배경처럼 드리운 슬픔 때문일 거였다.

여자는 여전히 울음을 참는 것 같았다.

웃음으로 치료되는 상처가 있다면 울음으로 치료되는 상처도 있을 터였다. 여자는 지금 자신 안에 단단히 자리 잡은 얼음 덩어리를 눈물로 녹여 내리는 중일 거였다. 다 흘러나와 제풀에 풀어질 때까지 기다려 주어야 하는데.

집 안에서도 울 수 없어서 골목 귀퉁이에 쪼그려 앉아 죄인처럼 울던 그 여자가 머릿속에서 좀처럼 떠나지 않았다. 마음껏 사랑하고 마음껏 웃을 수 있는 거라면 마음껏 울 수도 있어야 하는데 천덕꾸러기 같은 슬픔에게 미안한 생각이 들었다.

여자의 울음은 차츰 잦아들었고 서서히 날이 밝고 있었다.

그 새벽 집을 나와 벽 틈바구니에서 통곡하던 그 여자를 보지 않은 게 다행이다 싶었다. 어느 날 문득 여자와 우연히 마주친다고 해도 알아보지 못할 테니.

누구든 남들이 알지 못하는 슬픔을 간직한 채 아무렇지 않게 웃음 띤 얼굴로 거리를 활보했다. 각기 다른 얼굴 각기 다른 슬픔을 간직한 채.

슬픔의 껍질을 벗어던지면 기쁨의 알맹이가 나오고 기쁨의 알맹이는 슬픔의 그림자를 남겼다.

세상이 끝난 것 같은 슬픔이 닥쳤더라도 그 슬픔 안에는 기쁨의 알맹이가 있다고 믿었다. 여자는 슬픔의 껍질을 훌훌 벗어던지고 자신이 울었던 골목길 그 자리를 씩씩하게 지나칠 것이다.

기쁨도 한순간이고 슬픔도 한순간 아니겠는가.

동네 어귀에서 우연히 마주치더라도 나는 여자를 알아보지 못할 것이다. 다행스럽게도.

여자 역시 나를 알지 못할 것이다. 다행스럽게도.

누구든 남들의 눈에 띄지 않는 슬픔을 숨긴 채 아무렇지 않은 척 살아간다.

그녀도 그렇고 나도 그렇다.

묘
지
를

거
닐
며

아주 사소하고 하찮은 일이 싸움으로 번지게 되는 경우가 종종 있는데 그날의 일도 그랬다.

다툼은 '다롱이' 때문에 시작되었다.

'다롱이'는 집에서 기르는 강아지인데 유독 그의 사랑을 독차지했다. 다른 식구들도 '다롱이'를 귀여워했지만 이상스럽게도 '다롱이'는 그를 볼 때 더 재롱을 피우며 아양을 떨었다. 때문에 그도 '다롱이'를 유별나게 싸고돌았다.

일찍 귀가한 그가 아이들에게 뭐 먹고 싶은 거 없느냐고 물었고 두 아이들이 때를 만난 듯 '치킨!'이라고 합창을 하면서 시작되었다.

식구들에게 살갑지 않는 그가 그날따라 아이들에게 먼저 먹고 싶은 것을 묻는 게 신기했다. 밖에서 좋은 일이 있나 싶기도 하고 살다보니 이런 일도 있네 싶어 공연이 들떴다.

마음이 변하기 전에 얼른 치킨을 주문했다. 주문이 끝나기도 전에 아이들은 안절부절 못하며 치킨을 기다렸다. 치킨을 먹을 생각에 군침을 삼키며 조바심을 했다. 단독주택에 사는지라 아파트처럼 집을 찾기가 쉽지 않아 배달을 시키면 늘 길가 쪽에서 무슨 소리가 나는지 신경을 써야 했다.

그날도 변함없이 배달오토바이 소리에 귀를 기울이고 있는데 다롱이가 유난히 그악스럽게 짖어댔다. 그 바람에 밖의 소리가 잘 들리지 않았다. 다롱이를 쓰다듬으며 진정시키려 해도 웬일인지 더 짖어댔다. 이러다 치킨 배달 오토바이가 그냥 지나쳐버릴지도 모른다는 조바심이 들어 슬슬 화가 치밀기 시작했다.

그날따라 치킨 배달은 늦어졌고 다롱이의 극성에 참다못해 실내슬리퍼를 집어 들어 다롱이에게 때리는 시늉을 하며 엄포를 놓았다.

그의 비호(?)를 받으며 자란 다롱이는 여간해서 다른 사람의 엄포가 먹히지 않았다. 실내슬리퍼를 들어 때리는 몸짓만 했는데 슬쩍 털을 스치는 느낌이 들었다. 바람에 털이 날리는 정도였는데 유난히 엄살이 심한 다롱이는 마치 죽음이 닥치기라도 한 듯 짖어대며 구석으로 몸을 피했다.

때마침 욕실에서 나오던 그가 이 장면을 보았고 다롱이 보다 더 놀란 듯 나에게 버럭 소리를 질렀다. 나와 아이들은 물론이고 다롱이 역시 그의 고함에 놀라 한순간 진공 상태가 되었다.

이때를 놓치지 않고 다롱이가 네 다리를 가지런히 옆으로 뻗은 채 누워 미동도 하지 않았다. 그는 다롱이를 어떻게 했길래 죽을 정도로 때렸느냐며 마치 다롱이가 죽기라도 한 것처럼 노려보았다.

억울한 누명을 쓴 것 같아 답답했지만 말 못하는 강아지에게 물을 수도 없는 일이었다. 그런 게 아니라고 다롱이가 엄살을 피우는 거라고 얘기해도 그는 막무가내로 다롱이 편을 들더니 화를 못 이긴 듯 방으로 들어가 버렸다.

그가 방으로 들어가고 다롱이는 한구석에 축 늘어져 있었다. 조금 전 신나서 펄펄 뛰던 아이들이며 나의 기분은 초상집처럼 가라앉았다.

처음에는 다롱이가 엄살을 피우는 거라고 생각했지만 점점 정말 죽은 게 아닐까 하는 무서운 생각이 들었다. 가까이 다가가도 다롱이는 꼼짝도 하지 않았다. 다롱이의 상태를 만져보고 확인하고 싶었지만 정말 죽은 것이라면 어떻게 해야 하나 싶어 손을 댈 수 없었다.

그러던 중 치킨이 왔다.

시무룩했던 아이들이 고소한 치킨 냄새를 맡자 잊고 있던 식욕이 살아난 듯 험악한 분위기와는 상관없이 신나게 먹었다. 아이들이 먹는 것을 챙겨주면서도 꼼짝 않고 누워 있는 다롱이가 걱정스러워 자꾸 힐끔거렸다.

그때 큰 아이가 치킨 한 조각을 떼어 죽은 듯 누워 있는 다롱이에게 다가가 코에 대었다. 나는 큰 아이가 무슨 짓을 하는 것인지 의아했다.

그런데 그때까지 죽은 척하며 꼼짝 않던 놈이 코를 씰룩거리더니 코끝에 들이민 치킨 조각을 덥석 물어 삼켰다. 그제야 큰 아이의 행동이 이해되었고 이어 작은 애가 다시 치킨 조각을 대자 조금 전보다 더 빠르게 누가 채 갈 새라 잽싸게 물었다.

어이가 없어 웃음이 터졌다. 큰 아이가 얼른 방문을 열고 그에게 다롱이의 회생(?) 알려주었다. 다롱이의 농간에 당한 거라는 것을 알려 주었지만 기분이 상한 그는 이불을 머리까지 뒤집어쓰고 누워 들었는지 못 들었는지 대답이 없었다. 참 속 좁은 사람이다 싶었지만 더 이상 건들지 않고 넘어갔다.

며칠이 지나도록 그는 다롱이에게만 아는 척을 하고 나에게는 모르는 사람 대하듯 했다. 먼저 말을 걸다가 슬슬 부아가 치밀었다. 내가 다롱이보다 못한 존재로 취급되는 것 같았고 푸대접을 받고 있다는 생각에 몹시 서운했다.

팽팽한 긴장감이 돌며 냉전이 이어지던 중에 그와 외출하기로 미리 약속했던 날이 돌아왔다.

다롱이 사건으로 그 약속은 깨어진 것으로 여겼는데 그가 아침부터 차를 닦으며 재촉을 했다. 더 버티려다가 못 이기는 척 따라나섰다.

차는 기다렸다는 듯 서울 벗어나 시원하게 달렸지만 그와 나는 꼭 필요한 말 이외에는 하지 않았다. 점심을 먹으면서도 처음 만난 사람들처럼 서먹한 분위기였다. 그저 말없이 지나가는 풍경을 바라보거나 차에서 내려서도 서로 다른 곳을 쳐다보며 걸었다. 그렇게 덤덤하게 돌아다니다가 서울로 돌아오는 길로 접어들었다.

늦은 점심을 먹고 차에 오르니 온몸이 노곤해지며 졸음이 몰려왔다. 이내 깊은 잠에 빠졌고 그가 흔들어 깨우지 않았다면 잠에서 헤어나지 못했을 것이다.

선잠에서 깨어 눈을 떠 보니 어느 산모퉁이에 차가 서 있었다. 눈에 익은 듯도 한데 마치 꿈속인 것처럼 분간할 수 없었다. 먼저 내린 그가 어리둥절해 있는 나를 손짓으로 재촉했다. 꿈결인 듯 멍한 상태로 내려 사방을 둘러보니 낯익은 곳이었다.

친정아버지의 묘지가 있는 산모퉁이였다.

친정아버지가 돌아가신 지 십수 년이 넘었지만 묘지를 찾은 게 손으로 꼽을 정도였다. 무심했다는 생각에 마음이 찔렸다. 이럴 줄 알았다면 술이라도 한 병 사오는 건데. 나도 모르게 반성과 후회가 겹쳤다.

먼지가 내려앉은 상석을 손바닥으로 쓸어보고 비석에 새겨진 이름들을 살펴보았다. 비석 뒤에는 자손들의 이름이 새겨 있고 앞에는 아버지의 이름이 새겨 있었다. 한 사람 한 사람의 얼굴이 떠올랐다. 무심히 넘겼는데 이곳에 와서 보니 그 얼굴들이 새삼스럽게 다가왔다.

그 사이 그는 다른 묘지 쪽을 기웃거리고 있었다. 그가 무엇을 보고 있는지 궁금한 생각이 들어 따라가 보았다.

다른 묘지에는 색이 바랜 조화가 꽂힌 곳도 있고 시구가 적힌 묘비도 보였다. 그는 어느 묘 앞에서 한참 무엇인가 들여다보고 있었다. 그가 보고 있는 것은 묘비에 적인 출생일과 사망일이었다.

"시간이 많이 남은 게 아니네….."

그가 혼잣말처럼 중얼거렸다.

그보다 어린 사람의 묘인데 생을 마감한 날이 벌써 오래전이었다.

일상에서 복닥거릴 때는 죽음이 나와 관계없는 것처럼 여겨졌고 설령 있더라도 아주 먼 시간 뒤에 올 거라 생각했는데 어느새 곁에 와 있었다.

내 그림자처럼 늘 따라오고 있었지만 잊고 살았거나 모른 척 외면했었는지도 모른다.

땅 속에 누운 내 또래 사람들과 남겨진 가족들을 떠올려 보았다.

누구든 홀로 가게 되고 누구든 홀로 남게 된다. 그렇게 되면 사랑할 수 없을 뿐 아니라 싸울 수도 없게 되는 거였다. 완전히 다른 세계이고 완전한 단절이었다. 누구든 예외 없이.

그런데도 여전히 싸우고 다투고 서로에게 상처를 냈다. 언젠가 혼자 남았을 때 싸운 기억보다 아름다운 추억의 장면을 남겨 주려 노력해 본 적이 있었던가. 나는 나 자신에게 그리고 그에게 마음속으로 되묻고 있었다.

우린 아직 같은 세상에 살고 있다.

때론 미워하고 때론 눈물 흘리게도 하지만 싸움을 받아 줄 상대가 있다는 게 얼마나 다행스러운 일인가.

저만치 서 있던 그가 노란 들꽃 몇 가지를 꺾어 나를 향해 흔들었다.

한없이 무심해서 꽃 한 송이 사 온 적 없는 그가 들꽃을 든 채 서 있었다.

너
의
블
랙
홀

:
:

"요새 어딜 가는 거야?"

길을 가다 마주친 이웃집 여자가 물었다.

"그냥 시장…"

이럴 땐 능청스럽지 못한 것이 불편하지만 최대한 자연스럽게 대
꾸했다.

"아닌 거 같은데…"

요즘 나의 동향을 다 알고 있기라도 하는 듯한 눈초리였다. 반장
일을 보는 여자는 동네 소식을 주민에게 전하며 친분을 쌓았는데
나와도 그런 이유로 안면을 튼 사이였다. 알아주는 마당발에 소식
통인지라 자신과 상관있든 없든 남의 일에 관심이 많았다.

"…일도 있구."

말끝을 흐렸다.

딱히 숨길만한 일도 아니지만 굳이 여자에게 알리고 싶지 않았다.

"매일 그렇게 일이 있단 말야?"

노골적으로 의심하는 투다.

여자는 무어라도 알아내서 이야깃거리가 되게 하고 싶은 모양이었다. 그녀에게 다른 사람을 살피는 일은 무료함을 달래는 놀이처럼 보였다.

올 여름 동안 도서관엘 다녔다.

벼르기만 하고 보지 못했던 책을 읽으며 더위를 피하기에 더없이 좋은 곳이라 틈만 나면 찾았다. 시험을 준비하는 젊은이도 아닌 처지에 도서관에 간다는 것을 떠벌리고 싶지 않았다.

자신에게 무언가 숨기는 게 있는 것 같다고 느꼈는지 나를 쳐다보는 눈초리가 묘했다. 그녀는 실실 웃으며 무슨 좋은 일 있는 거 아니냐고 했고 그녀가 말하는 '좋은 일'이 대체 무슨 일인지 알 도리가 없어 생뚱맞은 얼굴로 쳐다보다가 헤어졌다.

그녀와 헤어지고 나서야 그녀가 말한 '좋은 일'의 의미를 어렴풋이 감 잡을 수 있었다.

연속극의 단골 소재로 우려먹는 중년의 불륜이 떠올랐고 알 듯 모를 듯 쳐다보던 여자의 눈길이 불쾌한 냄새를 풍기는 것 같았다. 연속극의 소재로 삼을 만큼 흔하고 흔한 것이 불륜이고 치정이라지만 평범한 동네 여자들까지 그런 이야기를 주고받게 되었다니 씁쓸했다.

불륜을 저지르는 남녀의 이야기는 이미 집 안의 내밀한 공간까지 점령한 것 같았다. 지위 고하를 막론하고 잘난 사람은 잘난 대로 못난 사람은 못난 대로 마치 자신들의 능력을 과시하듯 떠벌였다.

그 대열에 끼지 못하면 능력도 매력도 없는 사람 취급을 하는 것 같았다. 대체 무엇이 그들을 불륜으로 치정으로 내모는 것일까. 무료한 일상이거나 권태로운 나날이거나 또는 외로움이나 고독감 때문일지 모른다는 생각이 들었다.

친하게 지내는 지인 중에 불륜과 치정 드라마를 몸소(?) 쓰고 있는 여자가 있다.

물론 혼자 사는 여자이니 걸릴 것은 없으나 문제는 남자가 유부남이라는 거였다. 남자는 아들 딸이 있고 어엿한 부인도 있는 지극히 평범한 가장이라고 했다. 다시 태어나도 다시 결혼하고 싶은 부인이 있고 세상에서 가장 사랑하는 딸이 있고 사업도 곧잘 되어서 안정적인 괘도에 올랐다고 했다. 그런데 무엇 때문에?

겉으로는 잘 갖추어진 듯 보이는 남자이지만 집으로 돌아가면 먹고 자는 무미건조한 일상을 보낸다고 했다.

어느 날 소파에 누워 깜빡 잠이 들었다 깨었을 때 집안은 고요했고 거실에는 남자 혼자였다고 했다. 문득 이렇게 자다가 죽어도 아무도 모르겠구나 하는 생각이 들었다고 했다. 그러자 알 수 없는 외로움과 고독감이 밀려왔고 일에 치어 잊고 있었던 감정들이

한 올 한 올 생생히 살아났다고 했다. 이렇게 살다 가면 자신이 너무 불쌍할 것 같았다나 뭐라나.

그래서 여자를 만났다는 것인지 알 수 없지만 그런 감정의 변화가 불륜을 저지르는 동기 중 일부는 되었을 거라 짐작이 갔다. 어쨌든 그래서 여자를 만나 불륜을 저질러서 무엇이 어떻게 달라졌다는 것인가.

여자는 나에게 사귀는 유부남의 일이며 자신의 이야기를 속속들이 털어놓곤 했다. 모르는 사람들이 생각하기에는 무어 좋은 일이라고 떠벌이나 하겠지만 비밀스러운 일일수록 털어놓고 싶은 욕망 또한 그만큼 큰 모양이었다.

나는 아무 말 없이 여자의 속내를 들어주곤 했다.

사실 나는 유부녀와 유부남이 만나든, 유부녀와 총각이 만나든, 유부남과 처녀가 만나든, 이혼녀와 이혼남이 만나든, 홀아비와 홀어미가 만나든 격려(?)해 주지도 않지만 비판(?)하지도 않는다.

나 역시 온전하게 도덕적인 인간이 못되기도 하지만 격려야 즈이들끼리 하면 되는 거고 비판이야 자아비판이라는 게 있으니 내가 낄 필요 없다고 생각했다. 달콤한 쾌락을 누렸으면 깨지고 부서지는 아픔도 즈이들 몫이라는 걸 알 테니까.

그런데 요즘 이 여자가 불륜남과 냉전 상태가 되었다고 했다. 절차를 거쳐 부부가 된 사이도 아니고 말 그대로 오다가다 느낌으로 맺어진 관계에 냉전이란 말이 어울리지 않아 보였지만 그 이유가 사람을 외롭게 하기 때문이란 거였다.

외로워서 남자를 만났는데 그 남자 때문에 더 외롭다니 그렇다면 처음부터 외로웠다는 말이 아닌가. 남자를 만나기 전에도 그랬고 남자를 만난 후에도 그렇다는 얘기였다.

외로움이든 고독감이든 남자를 만났다고 또는 여자를 만났다고 없어지거나 사라지는 게 아니라 늘 그렇게 있었다는 말이었다. 없어지거나 사라진 것처럼 느꼈던 것은 사람이나 일에 슬쩍 가려졌거나 슬그머니 자리 이동을 해서 보지 못했던 게 아니었을까.

지구의 자전 때문에 잠시 해를 못 보게 되거나 월식으로 달이 숨어 버리거나 구름에 가리거나 하는 것이지 근본적으로 해나 달이 사라지거나 없어지는 게 아닌 것처럼 외로움이란 것도 그런 게 아닐까 싶다.

외로움이든 고독감이든 어차피 인간이란 동물 안에 장기처럼 자리 잡고 있는 것인데 어찌하여 못 견뎌하고 힘들어하는지 알 수 없는 일이다. 이렇게 귀찮은 감정을 왜 사람 안에 심어 놓았는지 조물주의 장난이 야속했다.

오래전에 『코스모스』란 책에 심취했던 적이 있었다. 천문학 도서인데 지금은 천문으로 가 버린 잘 생긴 천문학자 '칼 세이건'이 쓴 거였다.

그땐 땅에서 생기는 일들이 우습고 싱겁게 보이곤 했었다. 한동안 감명 깊게 읽은 책 중에 『코스모스』를 꼽아 넣기도 했었다. 천문학 도서가 대중화되지 않았던 시절에는 작은 충격이었다. 지금이야 아주 흔하게 천문학 도서를 볼 수 있지만.

머릿속으로 가늠할 수조차 없는 광대무변한 우주의 크기며 불가사의한 생성과정이며 더욱 관심을 끌었던 것은 '블랙홀'의 존재였다. 그것에 매료되었던 것은 '칼 세이건'이 슬쩍 책 한구석에 써놓은 한 마디 때문이었다. '블랙홀'이야말로 다른 우주로 가는 통로일지 모른다는 구미 당기는 문구였다.

이 말이 사실인지 아닌지 누가 아랴. '블랙홀'을 통과해 봤어야 알지. 천문학이란 것도 과학적인 지식이 바탕에 깔려 있기는 하지만 마지막 결론은 추론 내지는 예측일 수밖에 없지 않은가.

사람의 마음에 소용돌이를 일으키는 외로움이란 것도 우주를 떠도는 블랙홀과 다르지 않아 보였다. 광대한 우주의 한 곳에 블랙홀이 있듯이 사람의 마음속에도 외로움이라는 블랙홀이 있는 것 아닐까 싶다. 사람이라면 피할 수 없는 것인지도 모른다.

그 쓰디쓴 외로움을 끌어안고 소용돌이 가운데로 들어가면 칼 세이건의 말대로 다른 우주로 가는 길을 보게 될까? 어차피 없어지거나 극복하기 힘든 외로움의 블랙홀이라면 내 안에 접수시키고 함께 공존하며 견디는 수밖에 없다.

그곳에 다른 우주로 가는 통로가 있는지 없는지 알 수 없는 노릇이지만 불도가니 같고 얼음송곳 같은 외로움을 끌어안고 나면 타 죽든, 얼어 죽든 해서 다른 무엇이 될지도 모른다.

다른 무엇이 된다면 그곳은 지금까지 겪어보지 못한 다른 세상일 터였다. 블랙홀을 통과해서 만난 다른 세상이 좋을지 나쁠지는 누구도 알 수 없지만 어떤 세상이든 받아들이기 나름 아니겠는가.

세상사가 알 수 없는 일들의 점철이지만 사람의 마음 속 행로 역시 복잡하기 이를 데 없다. 내 마음의 행로 역시 '블랙홀'의 주변을 맴돌 뿐 건너지 못하고 있는 형편이다. 불도 얼음도 끌어안기 싫어서 피하고 있는 중이다.

　외로움을 달다고 할 사람이 몇이나 되겠는가.

　하지만 쓴 것도 달게 삼켜야 하는 게 생의 법칙이 아닌가. 그러니 외로움에서 도망치지 말고 곁에 두고 보면 어떨까.

　피하거나 돌아가지 말고 친구인 듯 당연하게 받아들이는 거다. 사라지지 않는 해와 달처럼 혹은 우주 공간 어딘가에서 휘몰아치고 있는 블랙홀처럼 인정해 버리자.

　누구나 자신만의 블랙홀이 있다.

　우주의 품속에서 자연스럽게 휘몰아치고 있다.

절묘한 어느 지점

:

누구의 삶에든 암시나 반전이 있기 마련이다.

그 지점이 어디쯤일지 궁금해하는 것은 당연한 것일 테지만 안타깝게도 반전은 어떤 예고도 없이 불쑥 나타났다.

어쩌면 복선을 깔았지만 알아채지 못한 채 넘어갔을지도 모른다. 그럴 때마다 운명의 언어와 인간의 언어가 다른 신호체계를 쓰고 있는 게 아닌가 싶은 생각이 들곤 했다.

그녀의 고향 가는 길에 따라나서며 문득 그런 생각이 들었다.

고향 가는 길에 동행하자는 그녀의 제의를 받았지만 선뜻 답을 하지 못한 채 미루고 있는데 며칠 전 다시 연락이 왔다.

도시에서 태어나 도시에 살고 있는 나 같은 사람에게 고향은 오히려 객지처럼 낯설고 무덤덤하게 느껴지곤 했다. 그런데 그녀의 입에서 나온 고향이라는 단어를 듣는 순간 다락 구석에 처박혀 있던 손때 묻은 물건을 찾아낸 것처럼 묘한 기분이 들었다.

아스라이 먼 곳으로부터 미미한 흔들림이 보이는 것 같았고 나도 모르게 발길이 그곳을 향해 가고 있었다.

그녀의 고향은 서울에서 세 시간이 훨씬 넘게 걸리는 지방 소도시였다. 그녀 역시 오랫동안 고향을 떠나 살고 있는 처지였고 친척들 역시 외지로 나가 살고 있기 때문에 자주 갈 일이 없다고 했다. 그런데 굳이 명절도 아닌 때 내려가는 이유가 무엇인지 궁금했지만 캐묻지 않았다.

몇 시간 고속버스를 타고 다시 시외버스를 타고 내린 시골 터미널에서 그녀와 나를 맞이한 사람은 시골 장에서 한 번쯤 스쳤을 법한 평범한 인상의 그녀의 고향 친구였다.

춥고 서글펐던 그녀의 유년을 고스란히 지켜본 증인이라고 했다. 소개받은 친구는 사람 좋은 웃음을 눈가에 매단 채 서먹해 하는 내 손을 덥석 잡으며 고향 사람 반기는 듯했다. 낯가림이 심해서 누구와 쉽게 친해지지 못하는 처지라 스스럼없는 그녀의 고향 친구에게 어색한 미소로 답하는 정도였다.

그러고 보니 그녀와는 수십 년 알고 지낸 사이지만 막상 정확히 아는 게 없다는 생각이 들었다. 고작 그 지역에서 내로라하는 부잣집 딸이었다는 것과 그 부잣집 딸이 가난한 유년을 보냈다는 정도였다.

그녀의 유년이 가난했던 데에는 평범치 않은 가족사가 숨어 있었다.

어린 시절부터 아버지와의 갈등이 심했고 지금은 아예 얼굴을 보지 않고 사는 모양이었다. 미간에 그어진 굵은 주름을 보노라면 그녀가 건너온 깊고 험한 강줄기가 궁금했다. 하지만 피붙이로 얽혀 가족이란 테두리 안에 살다보면 그 집만의 남다른 사연 한두 가지쯤 없는 집이 어디 있으랴 싶어 더 묻지 않았다.

사람의 살이라는 게 그런 사연들을 얽고 풀며 삶이라는 천을 짜는 거라고 나 같은 게으름뱅이들은 적당히 위안하고 적당히 합리화하지만 어떤 이들은 사연을 엮고 엮어서 굵은 동아줄을 만들어 자신을 칭칭 동여매는 경우도 있었다.

그녀의 고향친구를 따라간 곳은 후덕해 보이는 시골 아낙의 식당이었다. 식당 주인은 고향친구의 언니라고 했다. 궁둥이를 돌리기도 비좁은 식당에 언니라고 부르기에는 미안할 만큼 늙은 여자가 그녀를 호들갑스럽게 반겼다. 나는 구경꾼처럼 그들을 바라보고 있었고 한 발 뒤에서 한 남자가 나처럼 그녀들을 쳐다보고 있었다.

육십 줄에 접어 든 듯 보이는 남자는 작은 체구이지만 빈틈없어 보이는 인상이었다. 회색 개량 한복 소매 끝으로 길이 잘 든 염주가 언뜻언뜻 스쳤다.

"내가 말했던 그 도사님."

대충 인사가 끝나자 고향친구는 그제야 생각난 듯 도사라고 불리는 남자 쪽을 가리키며 그녀를 바라보았다. '도사'는 이미 다 알

고 있다는 듯 고개를 주억거렸고 그녀는 낯선 사람에 대한 경계를
풀며 공손한 웃음을 흘렸다.

예고 없이 벌어진 상황을 정리해 볼 겨를도 없이 서두르는 그들
을 따라 해후의 기쁨을 뒤로 한 채 식당을 나섰다. 대체 무슨 일
인지 마음속으로 갸웃거리는데 그녀가 내 속내를 눈치채기라도 한
듯 운을 떼었다.

"천천히 말하려고 했는데…."

일이 급히 진행되는 통에 말할 새가 없었다며 하도 '용한 분'이
있다고 해서라며 말끝을 흐렸다.

용하다는 도사의 뒤를 따라간 곳은 식당의 안채였다.

방으로 들어서자마자 남자가 책 두 권을 꺼내 방바닥에 내려놓
았다. 기다렸다는 듯 그녀가 식구들의 이름과 나이, 생일 따위를
조심스럽게 웅얼거렸다.

그녀는 자신과 가족의 앞날에 숨어 있을지 모르는 행과 불행을
미리 알아내고 싶은 모양이었다. 알려고 한다고 알아지는 게 아니
고 미리 알아낸 것들이 맞을지 맞지 않을지 누구도 점칠 수 없었
다. 하지만 대개의 사람들은 자신에게 다가올 일들을 먼저 알고
대처하기를 바라기 마련이었다.

그녀는 '용하다는 도사님'에게 이것저것 식구들의 미래를 물었고
그중 자식들에 관한 것을 집중해서 의논했다. 누구에게든 가장 가
깝지만 가장 어려운 상대가 자식이 아닐까 싶다.

그녀의 자식들이 겪어낼 굽이길이 '도사'의 입에서 한 올 한 올

풀려나왔다.

부모 자식 간의 갈등이란 인생의 여정에 포함되어 있는 당연한 수순이면서도 매 순간 안 배운 문제를 풀고 있는 기분이라는 거야 자식을 키워 본 부모라면 다 아는 일일 터였다.

그녀는 마지막 한 방울까지 다 받아내려는 듯 '도사'의 한마디 한마디에 귀를 기울였고 마침내 더 이상 답도 질문도 없을 때가 되어서야 자리를 털고 일어났다. 하지만 돌아서 나오는 그녀의 얼굴은 여전히 꺼내지 못한 무엇이 있는 듯 미진한 낯빛이었다.

절묘한 어느 지점에 당도하기 전에 다음 장에 열릴 인생의 비밀들을 미리 엿보고 싶은 조바심이 '용한 도사'의 말 몇 마디로 풀릴 수 있을지 의문이 들었다.

그 지점에 당도하기 전에 보이는 것들이란 삶의 단편이거나 누구라도 맞출 수 있는 막연한 예상 정도가 아닐까 싶었다. 그럼에도 불구하고 '도사'가 던지는 사소한 말들을 부여잡으며 실낱같은 기대의 끈을 놓지 못하는 게 사람이었다.

거리로 나오자 우리가 내렸던 소도시가 휘황하게 불을 밝힌 검은 배처럼 밤의 바다를 떠돌고 있었다.

다음 여정은 고향친구의 안내를 받으며 캄캄한 산길을 돌고 돌아 젊은 여승 한 분과 공양주 한 분이 거처하는 산중 작은 말사였다.

고향친구는 매 달 한 번씩 철야정진을 하는데 그날이 바로 오늘이라고 했다. 어색해하는 우리와 달리 열댓 명쯤 되어 보이는 신도들과 고향친구는 성스러운 여행을 떠나는 사람들처럼 이내 깊은 기도 속으로 빠져들었고 그녀와 나는 법당을 나와 절 마당으로 내려섰다.

겹겹이 둘러선 검은 산들이 덥석 손을 낚아챌 것처럼 가까이 다가왔고 차가운 별빛이 마른 나뭇가지에 걸려 있었다.

우리가 묵을 구들방은 초저녁부터 데워진 듯 산의 정기 같은 연기 내가 깊은 들숨을 타고 빨려 들어왔다. 시간도 단층운동을 한다면 분명 낯선 시간의 어느 갈피로 끼어들어와 있는 것처럼 신비로운 기분이 들었다.

창호지 문으로 스며든 달빛을 따라 현실의 내가 엄두 낼 수 없는 시간과 공간을 바람처럼 넘나드는 것 같았다. 자리를 뜨면 찾아드는 낯가림 같은 불면증은 그날은 웬일인지 찾아오지 않았고 이내 깊은 잠에 빠져들었다.

더 깊은 잠 속으로 들어가는 사이사이로 꿈결처럼 간간히 낮은 음성이 들려왔다. 그녀의 음성이었다. 그녀의 말이 끝날 때마다 들려오는 깊은 탄식은 고향 친구의 것이었다. 기도를 마친 고향친구가 새벽녘 그녀와 내가 잠든 방으로 들어온 모양이었다.

"언니와 나를 낳고 얼마 지나지 않아서 영감이 새 여자를 집으로 데려왔대 엄마가 울고불고 매달렸지만 과수원 가운데 새로 집을 짓고 여자를 들인 거지. 그러니까 한 울타리 안에서 공공연히 두 여자를 데리고 산 거지. 그때까지도 우리 엄마는 저러다 말겠지 했다는 거야. 작은 집에서 아들이 태어나기 전까지는…."

그녀는 자신의 아버지를 영감이라고 불렀다.

"지금도 기억이 나. 울 언니와 내가 울면서 학교 가던 날이… 작은 집에 아들이 태어났다는 소식을 듣고 이제는 정말로 아버지가 엄마에게 돌아오지 않겠구나. 어린 마음에 얼마나 슬펐던지. 하지만 기뻤던 날도 있었어. 엄마가 내 밑으로 여동생을 둘이나 더 낳고 마침내 남동생이 태어난 날이야. 그때는 이제 아버지가 돌아오겠구나. 그런 어리석은 생각을 했었지… 흐."

그녀의 말끝이 허허로웠다.

그러려고 한 것은 아니었지만 그녀의 이야기를 엿듣고 있는 셈이었다.

삶이 그리 간단하지 않다는 걸 어린 소녀가 어찌 알았겠는가.

한 울타리 안에서 두 여자를 거느리면서도 당당했던 아버지, 딸은 자식으로 여기지도 않았고 그래서 남들이 부러워하는 부잣집 딸이었지만 소풍 한 번 마음 놓고 갈 수 없었던 어린 소녀. 늘 아버지의 사랑에 굶주렸고 그 사랑의 배반에 얼음덩이 같은 미움을 간직하게 된 그녀.

그때의 아버지보다 훨씬 더 많이 살아낸 그녀이지만 마음속에는 여전히 사랑에 굶주린 어린 소녀가 살고 있는 것 같았다.

다음 날 스님에게 대접받은 따끈한 차 한 잔의 기억을 가슴에 안고 절을 나왔다.

우리가 내렸던 소도시의 버스터미널은 떠나왔던 자리로 돌아가려는 사람들로 북적거렸다. 부산한 사람들을 보자 공연히 마음이 조급해졌지만 우리가 탈 차는 두 시간 넘게 기다려야 했다

"아버지는 여전히 작은 집에 살고 계셔. 그런데 요즘 부쩍 몸이 안 좋대. 어쩌면…."

대합실 구석에 겨우 자리를 잡은 그녀는 조금 전에 끊어진 말을 이어가듯 아무렇지 않게 지난 밤 못 끝낸 이야기를 끌어왔다.

그녀는 어젯밤 내가 자신의 이야기를 엿듣고 있었던 것을 이미 알고 있었을지도 모른다.

"어쩌면 곧 돌아가실지도 모르지."

대합실 창문으로 들어온 짧은 겨울 햇살이 그녀의 얼굴을 비껴 갔다.

"그런데 말야. 내가 아버지를 제일 많이 닮은 거야. 훗…."

그녀가 중요한 알맹이를 무심히 던지듯 말했다.

나도 모르게 그녀를 응시했다.

내 눈길에 그녀가 쑥스럽게 웃었다.

떼어버리고 싶을수록 끈질기게 달라붙는 그 무엇이 무엇인지 알고 있는 것 같았다.

선택할 수 없고 버릴 수도 없는 그것의 실체가 그제야 보이는 것인지도 몰랐다.

나 역시 그녀를 향해 알 듯 모를 듯 웃었다.

절묘한 어느 지점에 왔을 때야 보이는 것들이 있을 것이다.

미리 알 수도 없고 미리 느껴지지도 않는 것들, 그때 그 순간이 되어서야 알게 되는 것들이 있다.

그녀는, 그녀와 나는 절묘한 그 지점에 와 있는 것인지도 모른다.

제3부

… 솔직히 말하자면 뭐 뒤끝이 있지요

세상은 내 생각에

귀 기울이지 않는다.

내가 힘을 보태지 않아도

세상은 돌아간다.

그들의 세상과 나의 세상은

한 하늘 아래 있지만

다른 세상이다.

잠결에 여자의 비명소리가 들렸다.

한창 깊은 잠에 빠져 있던 시각이라 꿈을 꾸고 있는 거라고 착각했다. 여자의 비명소리가 더 크게 들리고서야 꿈이 아니라는 것을 알아채고 화들짝 놀라 일어났다.

잠귀가 어두운 내가 알아들었을 정도면 다른 식구들은 이미 다 들었을 것이다. 아니나 다를까 거실로 나와 보니 모두 깨어 이 층 창문에 붙어 있었다. 창문 앞 큰 은행나무에 가려 잘 보이지 않았지만 골목길에서 나는 소리인 것은 분명했다.

길거리 집이라 한밤중에도 통행하는 사람들의 소리가 끊이지 않았고 심심치 않게 싸움도 벌어지곤 해서 또 그런 일이려니 했다.

그렇다고 해도 그날 밤의 소란은 예삿날과 다르게 다급하고 불안하게 느껴졌다. 비어 있는 다른 창문으로 가서 밖을 내다보았지만 역시 나무 때문에 잘 보이지 않았다.

무성한 나뭇가지 사이로 웃통을 벗고 날뛰는 젊은 남자의 모습이 언뜻언뜻 스쳤다. 거친 욕설과 쇠붙이 부딪히는 소리와 유리 깨지는 소리가 나더니 여자의 악다구니가 들렸다.

주위에는 친구인 듯한 젊은 남녀들이 웃통 벗은 남자와 상대 여자를 뜯어말리는 모양이었다. 난동을 부리는 본새가 마치 조용한 시골 마을을 접수하러 온 서부의 무법자처럼 눈에 뵈는 게 없는 모양이었다.

오밤중에 지네들만 사는 것처럼 소란을 피우는 게 몹시 불쾌했다. 이 동네 사는 사람은 사람이 아닌가 싶어 슬그머니 부아가 끓어올랐고 시야를 가리는 나뭇가지마저 성가셨다.

대체 무슨 일이기에.

알량한 정의감(?)으로 포장한 호기심이 슬그머니 고개를 들었다. 급기야 입고 자던 옷에 대충 겉옷 한 가지를 걸치고 밖으로 나갔다.

문제가 일어난 골목길로 와 보니 나무에 가려 보이지 않던 곳에 경찰들이 머리에 빨간 반짝이 리본을 단 멋진 경찰차를 앞세운 채 무법자(?)를 바라보고 있는 게 아닌가.

그러니까 경찰이 보는 앞에서 소란을 피우고 있었던 거였다. 이건 무슨 상황이지. 조금 전 끓어오르던 부아는 슬그머니 잦아들고 이 상황이 어리둥절하기만 했다.

놀라운 것은 경찰들이 정말 민주적(?)으로 이 사건을 해결하고 있었다. 한 경찰은 작은 도시락만 한 무전기에 대고 한가하게 말을 주고받고 있었고 나머지 다른 경찰은 한밤에 모인 구경꾼보다 더 구경꾼 같은 모양새로 그들의 난동을 방해하지 않은 채 바라보고 있었다.

경찰은 민주적(?)으로 술 취한 젊은 남녀들이 스스로 해결할 때를 기다리는 듯 보였다. 잠자다가 튀어나온 동네 주민들 역시 조용히 관객으로 참관(?)해야 하는 분위기였다.

나는 웃통 벗은 남자를 흘끔거리며 마음씨 좋은 아저씨처럼 서 있는 경찰관 옆으로 슬금슬금 다가갔다.

내가 이런 정도의 액션을 취하는 데도 적지 않은 용기가 필요한 험악한 분위기였다. 웃통 벗은 남자는 이 층에서 바라볼 때와 다르게 아주 큰 키에 한눈에 보아도 운동으로 다져진 근육을 갖고 있었다. 더구나 짧게 깎은 머리며 번득이는 눈빛이 주위를 서늘하게 했다.

나는 상체를 약간 경찰 쪽으로 기울여 남의 눈에 띄지 않게 최대한 목소리를 낮추어 속삭였다.

"쟤네들 잡아가야 되는 거 아녜요?"

웃통 벗은 남자와 경찰을 번갈아 살피며 중요한 기밀을 발설하기라도 하듯 말했다.

"야, 저 여자애 저렇게 매를 맞고도 고소하지 않겠다네."

내 말을 분명히 들었을 것 같은데 경찰은 마치 남의 다리를 긁듯 딴소리를 했다.

경찰은 친구의 부축을 받은 채 악에 받쳐 있는 어린(내가 보기엔) 여자를 바라보며 한가롭게 말했다. 피해자가 고소하지 않아서 잡아갈 수 없으니 공연히 끼어들지 말라는 경고 같았다.

전혀 급해 보이지 않는 경찰이 그나마 한 일은 울고불고 하는 여자에게 빨리 피하라고 말해 준 거뿐이었다. 경찰의 말을 들었는지 어쨌는지 모르지만 여자는 친구들에 둘러싸여 자리를 떴고 웃통 벗은 남자 역시 경찰을 뒤로 한 채 어둠 속으로 유유히 사라졌다.

골목길에는 잠을 설친 동네 사람들과 한가한 경찰 두 명이 남아 있었다.

나는 그제야 목소리를 조금 높여 말했다.

"아니, 저런 사람들을 잡아가야지… 싸우는 거야 지네들 사정이라 치고, 동네 소란스럽게 한 그, 뭐야… 안면방해… 그런 거로라도 잡아가야지요!"

습자지처럼 얇은 상식을 들이밀며 경찰의 눈치를 보았다.

시민으로서 정당하게 할 수 있는 말인데도 왜 이렇게 눈치를 보나 싶어 한심한 생각이 들었지만 제복이 주는 두려움은 여전했다.

오랜 세월 동안 '민중의 지팡이'가 아닌 '민중의 몽둥이'로 여겨졌던 경찰에 대한 인식 때문이 아닌가 싶었다.

"저 사람들 저 차 백미러도 깨뜨렸는데… 그냥 놔두는 거예요?"

잠을 설치고 나온 동네 남자의 말이 내 말에 겹쳐졌다.

동네 남자의 목소리는 이 상황이 마음에 들지 않는 듯 약간 거칠었다.

"아, 왜 이제야 그 말을 합니까!"

경찰이 짜증을 냈다.

조금 전 웃통 벗은 남자 앞에서 보이던 느긋하고 민주적인 경찰의 태도가 아니었다.

"아니 어떻게 저 놈 앞에서 말을 할 수 있어요?!"

동네 남자의 억양이 좀 더 높아졌다.

이 상황을 다 지켜보고도 그런 말이 나오느냐고 따지는 투였다.

"좋아요, 어쨌든 목격자 증언이 있어야 합니다! 증언해 줄 수 있지요? 민주시민이면 그 정도는 해야 되는 거 아닙니까?"

조금 전 조는 듯 나른해 보이던 모습과 다르게 경찰이 동네 남자는 물론 모인 사람들을 향해 민주시민이란 단어에 힘을 주며 말했다.

그리곤 힐긋 나를 훑어보았다. 안면방해로 고발하겠냐고 눈으로 묻는 것 같았다.

한밤의 난동을 민주적으로 놔두던 경찰이 밤잠을 설친 동네 사람들을 향해 엄격하게 말했다. 백미러를 깨뜨렸다고 고발했던 동네 남자의 얼굴이 일그러졌다. 주접을 떨며 아는 척하던 나 역시 서너 발 뒷걸음질 쳤다.

세상을 이 만큼 살아왔으면 대강 이런 상황이 어떻게 될지 안 당해 봐도 다 보였다. 증인이니 뭐니 해서 오라 가라 할 테고 그러면 생업을 가진 사람은 당장 피해가 될 것이다.

그런 것은 그런대로 감수한다고 쳐도 서부 영화의 무법자처럼 날뛰는 웃통 벗은 남자와 그 일행들이 이 골목에 다시 나타나지 않는다는 보장이 없었다. 오늘 밤처럼 나타나서 해코지를 한다면 누가 우리를 지켜주겠는가.

생각이 여기까지 미치자 쓸데없는 객기 부릴 일이 아니다 싶었다. 그냥 용기(?) 있게 참으면 되는 일을 긁어 부스럼 만들 일이 무어 있겠나. 말은 안 했지만 거기 모인 사람들은 거의 그런 생각이었을 게다.

"사실 제가 본 거는 아니구요. 그냥 무언가 깨지는 소리를 들은 거지요. 본 거는 아닙니다."

동네 남자가 한풀 죽은 목소리로 비굴하게 웃으며 말했다.

경찰이 그럴 줄 알았다는 듯 너그러운 표정으로 고개를 끄덕였다.

모인 사람들도 모두 그럴 줄 알았다는 듯 경찰처럼 주억거렸다.

나도 남자가 그럴 줄 알고 있었다.

민주시민이 되려면 웃통 벗고 날뛰는 무법자들 앞에서 주눅 들지 않고 당당해야 하는데 그럴 자신이 없었다.

법보다 주먹이 가깝다는 옛말이 떠올랐다. 서부 개척 시대도 아닌데 무법자처럼 나타나는 웃통 벗은 남자들 앞에서 경찰은 민주적(?)으로 대처했고 불만을 토로하는 주민들에게는 민주시민의 의무를 요구했다.

민주시민의 의무를 다하려면 웃통 벗은 남자의 후환 정도는 감수할 수 있어야 했다. 하지만 아무리 정의감에 불타는 민주시민이라도 후환이 두렵지 않을 사람은 없었다.

그 밤 나는 민주시민의 의무를 다하지 못했다. 알량한 정의감이 얼마나 허약한 것인지 확인하고 말았다.

민주시민이라고 자처하던 나의 본 모습을 본 것 같아 편안히 잠을 잘 수 없었다. 하지만 민주시민의 의무를 다했다고 해도 편히 잠들 거 같지 않았다.

짐승처럼 두들겨 맞고도 무법자를 그냥 놔두어야 하는 젊은 여자나, 차가 부서지는 것을 보고도 눈을 감아야 하는 동네 주민이나, 달콤한 잠을 고스란히 빼앗기고도 뒷걸음질 쳐야 하는 알량한 정의감의 소유자인 나 같은 사람에게 민주시민의 길은 멀고도 험한 거였다.

문득 언젠가 집 안에 바퀴벌레 한 마리가 출몰(?)했던 일이 생각났다. 너무 갑자기 당한 일이라 누구에게 도움을 요청할 새도 없이 실내화를 집어 들어 내리쳤지만 나를 비웃듯 사라져 버렸다. 바퀴벌레는 분명 어딘가로 숨어들었을 것이고 내가 잠든 사이 제가 주인인 양 온 집안을 활보할 것이다.

유유히 사라진 근육질 남자처럼 어둠속에 숨어 있다가 민주시민으로 자처하는 나 같은 사람들과 힘 빠진 민주경찰을 비웃듯 바퀴벌레는 제 세상인 양 날뛸 것이다.

그
네
들
이
사
는
법

우리 동네에 '막 퍼주는 집'이라는 채소 가게가 생긴 게 아마 삼
사 년 전쯤이었을 거다.

주로 채소와 과일을 팔았는데 약간 일그러지거나 모양이 빠지는
것들을 말도 안 되게 싸게 팔았다. 싸게 판다는 입소문이 순식간
에 퍼져 옆 동네 주민들까지 원정 쇼핑(?)을 올 정도였다. 공산품
을 제외한 웬만한 반찬거리는 다 있어서 굳이 큰 마트까지 갈 필요
가 없었다.

동네에 이런 가게가 있다는 게 살림하는 사람들에게는 적지 않
게 안심이 되었다. 사람들은 그 주인을 물건을 파는 '장사꾼'으로
생각하기보다 우리 동네를 위해 싼 물건을 제공해 주는 고마운 사

람으로 여길 정도였다.

지난겨울 어느 추운 날 그 가게를 기웃거리고 있는데 뭔가 달라진 느낌이 들었다. 가게 앞에 낯선 여인이 물건값을 받고 있었다. 주인이 바뀐 거였다. 싼 물건이지만 그 나름대로 호황을 누리던 가게였는데 전 주인이 소리 소문 없이 가게를 넘긴 모양이었다.

새로 온 여인은 한눈에 봐도 장사와는 어울리지 않아 보였다. 장사와 어울리는 사람이 따로 있는 것은 아니지만 가게에 서 있는 모습이 남의 가게에 들어와 있는 듯 겉돌았다.

가게는 거의 한 데나 다름없어서 매서운 칼바람을 고스란히 감당해야 했는데 여인은 유난히 추위를 타는 듯 두꺼운 점퍼를 입고도 발을 동동 굴렀다. 여인의 남편인 듯한 남자는 물건을 들이고 내놓는 일을 했고 여인은 물건값을 계산하는 일을 했다. 남자 역시 여인처럼 물건을 옮기고 놓는 모양새가 몸에 맞지 않는 옷을 입은 듯 어색해 보였다.

가게에 진열된 물건들도 전 주인이 있을 때와 달리 시들시들해 보였고 군데군데 비어 있었다.

그냥 나올 수 없어 몇 가지의 물건을 골라 담아 여인 앞으로 다가갔다. 난로를 피우기는 했지만 넓은 가게를 데우기에는 턱없이 미미한 온기라 여인은 한시도 견디기 어려운 듯 쉬지 않고 손을 비비고 있었다.

굳이 물어볼 필요도 없지만 여인에게 장사 처음 하는 거냐고 물었고 쑥스럽게 웃으며 그렇다고 했다. 태어날 때부터 장사를 배우고 나오는 것은 아니지만 다른 장사도 아니고 채소나 과일을 파는 생물 장사를 경험 없이 시작한 것이 아무래도 무리가 아닐까 염려스러운 마음이 들었다.

며칠 후 다시 그 가게에 들르니 눈에 띄게 물건의 구색이 빠져 있었고 손님의 발길도 뜸해 보였다. 장사꾼 같지 않은 여인을 보았을 때부터 심상치 않은 예감이 들었지만 처음이라 그러려니 했다. 곧 적응해서 전 주인처럼 웃으며 손님을 맞이할 것으로… 믿고 싶었다.

하지만 나쁜 예감은 틀리지 않는다는 그 누구의 말처럼 빗나가길 바라던 예감은 너무 빨리 적중했다.

불과 두 달을 버티지 못하고 문을 닫았다.

인수받겠다는 사람이 없었는지 '막 퍼주는 집'은 이내 셔터가 내려진 채 '막 퍼주는 집'이란 상호가 써진 빛바랜 현수막만 너풀거렸다.

그러는 동안 겨울이 지나갔다.

'막 퍼주는 집' 현수막은 겨울바람에 한 귀퉁이가 찢겨져 나가고 먼지를 뒤집어쓴 채 흉물스럽게 너풀거렸다. 그 앞을 지날 때마다 한때 동네 사람들의 밥상을 책임졌던 그 가게를 떠올리며 '이 집 물건 정말 쌌는데… 지금은 그런 물건 살 수가 없어'라며 사람들은 아쉽고 안타까워했다.

사람들은 조금 떨어진 곳에 있는 대형마트로 물건을 사러 다녔고 그곳에서 장을 볼 때마다 '막 퍼주는 집'에서 싸게 물건을 사던 때를 떠올렸다.

그 겨울이 지나고 봄이 돌아왔을 때 건너편 길가에 '막 퍼주는 집'과 같은 업종의 가게가 문을 열었다. 조금 다르다면 '막 퍼주는 집'보다 가게의 시설이 약간 세련되게 꾸며졌고 그래서 그런지 물건값도 '막 퍼주는 집'보다 약간 덜 쌌다.

조금 덜 퍼주기는 했지만 그래도 싼 편이라 사람들이 파리 떼처럼 바글거렸다.

'막 퍼주는 집'의 폐업으로 채소며 과일을 싸게 살 수 없었던 동네 사람들은 약간 덜 퍼주었지만 그다지 불만스러워하지 않았다. 이 가게가 없으면 어디서 물건을 샀을까 싶게 사람들이 몰렸고 싸다고 외치는 주인 남자의 목청은 하늘을 찌를 듯 기세등등했다.

그런데. '약간 덜 퍼주는 집'이 약간 덜 퍼주며 장사를 한 지 불과 몇 개월이 지나지 않아 '막 퍼주는 집'의 셔터 문이 활짝 열렸다.

한동안 이런 종류의 가게가 없어 아쉬워하며 지내던 차에 약간 덜 퍼주는 가게가 생겨 다행이라고 여겼는데 문을 닫았던 '막 퍼주는 집'마저 문을 여니 때아닌 가게 풍년이 된 셈이었다.

동네에 이런 종류의 가게가 하나였을 때에도 버티지 못해서 문을 닫았는데 두 개씩이나 생기니 사람들은 물건을 더 싸게 살 수 있어 좋다고 생각했지만 한편으로는 이 두 가게가 어떻게 유지해 나갈지 궁금하기도 했다.

'막 퍼주는 집'의 새 주인은 지난번 망하고 나간 여인과 달리 '어디서 장사 좀 해 본 듯' 채소며 과일을 산더미처럼 쌓아놓고 믿을 수 없을 만큼 싼 가격에 팔았다. 이때를 놓칠세라 '약간 덜 퍼주는 집'에 몰렸던 사람들이 '막 퍼주는 집'으로 다시 몰려들었다.

'막 퍼주는 집'의 새 주인은 즐거운 비명을 질렀고 사람들은 마치 동물의 왕국에서 보았던 죽은 짐승의 시체에 꼬이는 파리떼들처럼 달려들었다. 약간 덜 퍼주는 집이 생겼을 때 그나마 다행이라고 여겼던 마음은 깨끗이 잊은 채 좀 더 싸게 파는 '막 퍼주는 집'으로 가차 없이 발길을 돌렸다.

그날 '약간 덜 퍼주는 집' 앞을 지나는데 기세등등하게 목청을 돋우며 싸다고 외치던 주인 남자는 빨간 플라스틱 바구니에 가지런히 담긴 고추며 가지 따위에 달라붙는 파리를 쫓고 있었다.

지난 겨울 두 달을 못 채우고 문을 닫았던 '막 퍼주는 집' 여인의 얼굴이 '약간 덜 퍼주는 집' 주인 남자의 얼굴에 겹쳐졌다.

사람들은 자연히 더 싸게 파는 집으로 몰릴 것이고 손님을 모으려면 '막 퍼주는 집'이든 '약간 덜 퍼주는 집'이든 말도 안 되는 싼 가격에 팔아야 했다.

이 싸움을 견디지 못하면 한쪽이 문을 닫는 거고 아니면 사이 좋게 반반씩 손님을 나누어야 하지만 싸게 많이 팔아야 남는 장사인데 손님이 줄면 싸게 팔 수 없게 되고 물건값이 비싸지면 손님이 줄게 될 것이니 유지하기 어려울 거였다. 그러니 피가 튀게 가격 경쟁을 하는 것일 테고.

'막 퍼주는 집'이든 '약간 덜 퍼주는 집'이든 어느 쪽이든 망하고 떠나게 되면 다시 새로운 사람이 나타날 것이고 지금 같은 상황은 되풀이 될 거였다.

'막 퍼주는 집'의 주인이든 '약간 덜 퍼주는 집'의 주인이든 줄도 '빽'도 없이 몸으로 부딪혀 먹고 살았고 몇천 원어치 팔아준 손님에게도 고맙다고 굽실거리는 사람들이었다.

이 사람들은 이 장사를 포기할 수 없는 처지였다. 막일과 허드렛일을 하며 살아낸 사람들이었고 더 이상 물러설 곳이 없었다. 이건 취미가 아니고 그들의 삶이기 때문이었다.

'막 퍼주는 집' 주인이나 '약간 덜 퍼주는 집' 주인이나 이 장사만 아니라면 서로를 미워할 이유가 없는 사이였다. 공평하게 장사가 잘 된다면 이 둘은 그저 동종 업계의 일원일 뿐이었다.

하지만 지금 같은 경우라면 두 집이 다 잘 될 수 없었다. 상대를 미워하는 것은 아니지만 내가 살아야 했다. 그러려면 상대가 문을 닫아야 내가 살 수 있었다.

이들에게는 연봉이니 시급이니 하는 말들이 호사스럽게 들릴 뿐이었다. 당장 오늘 얼마라도 팔아야 가게 임대료를 내고 인건비라도 건지는 거고 아니면 장사고 뭐고 거덜이 나는 절박한 상황인 거였다.

이들의 주머니를 채워줄 상대는 싼 물건을 찾아 파리떼처럼 몰려다니는 비슷한 처지의 사람들이고 그들의 주머니도 '막 퍼주는'이나 '약간 덜 퍼주는'과 별반 다르지 않았다. 이들은 모두 갑이 아니라 을에도 끼지 못한 사람들이었다.

세상에는 갑과 을만 있는 것이 아니라 대부분의 사람들은 병이고 정이고 무이고… 그 밑으로도 수많은 사람들이 살고 있다.

하지만 일부의 사람들은 세상 밖, 혹은 세상의 위, 혹은 다른 세상에 살고 있다.

다른 세상에 사는 이들도 그리 한가한 것만은 아니다. 그들도 싼 물건을 찾아 파리 떼처럼 몰려다니는 사람들처럼 치열하게 산다.

그들이 치열하게 사는 이유는 자신들의 부(富)를 견고하게 지키기 위해서이다. 그들에게는 지키는 것이 삶이기 때문이다.

나쁠 때 좋은 선택하기 —— ⋮

"부탁해요. 우리 애들 아빠에게는 비밀로 해 줘…"

옷자락을 부여잡듯 그녀의 음성은 간절하고 안타까웠다.

수화기를 내려놓고서도 그녀의 절박한 처지가 내 몸을 맴돌고 있는 것 같아 한동안 자리를 뜨지 못했다.

근 오 년 만에 걸려온 그녀의 전화는 반가움이 아닌 곤혹스러움이었다.

'일이 어쩌다 그리 되었나….'

혼잣소리로 무거운 마음을 털어내 보지만 머릿속은 그녀가 던져준 난제에서 허우적거리고 있었다.

그녀와 그녀의 남편을 알고 지난 세월이 이십여 년을 훌쩍 넘겼고 그 집의 형편에 대해 어지간히 알고 있다고 여겨왔었다.

한 오 년 연락이 없긴 했지만 지방에 살며 그 환경에 적응하다보니 그런 것이려니 했다. 나 역시 그리 자상한 성격이 못 되는지라 먼저 소식을 전하지 못했고 간간이 남편을 통해 그 집 남편과 통화했다는 얘길 전해 들었지만 별다른 이야기는 없었다.

느닷없는 그녀의 전화는 예상치 않게 돈을 빌려 달라는 얘기였다.

살다보면 급히 돈 필요할 때가 있다는 것쯤은 이해할 수 있지만, 알 만한 직장에서 탄탄히 자리 잡은 성실한 남편이 있고 시가나 친정 모두 살만하여 도움이 필요한 처지는 아니었다. 그녀의 궁한 부탁이 쉽게 다가오지 않았다.

그녀의 말인즉, 친정 동생과 사업을 시작했는데 경험이 없다보니 그 계통을 잘 아는 사람을 앞세워 일을 시작했다는 거였다. 처음에는 뭐가 뭔지 몰랐고 점차 일에 눈을 뜨기 시작하면서 잘못되었다는 낌새를 챘는데 그때는 이미 믿었던 동업자가 돈을 챙겨 사라진 뒤였다고 했다.

배신감에 몸을 떨 여유조차 없이 당장 하루하루 빚에 몰리게 되었고 어떻게든 사업을 일으키려 이 돈 저 돈 끌어 썼지만 사업은 점점 기울어지게 되었다고 했다.

급기야 남편의 월급까지 빚으로 나가게 되었다는 거였다. 남편 볼 낯이 없어서 자신이 일을 수습해 보려고 하니 남편에게는 비밀로 해 달라는 얘기였다.

돈을 빌려 주느냐 마느냐를 결정하기도 어려운데 부록(?)으로 따라온 남편에게 알리지 말라는 당부는 더욱 난감한 일이었다. 어쩔까. 긍정도 부정도 하지 못한 채 엉거주춤한 태도를 취할 수밖에 없었다.

오랜만의 소식이 피하고 싶은 순간이 되고 만 것이다.

인간관계 정석 1권에 보면 이런 경우 남편에게 알려야 한다가 원칙이었다.

하지만 아무리 원칙이 그렇다지만 오래 알고 지낸 처지에 단박에 그런 결정을 하기에는 걸리는 것이 많았다. 이유야 어떻든 남들이 본다면 너그럽지 못하고 야박해 보이는 선택이라 말할 것이니 편치 않은 일이었다.

인간관계의 정석이니 어쩌고 한 것도 어쩌면 이런 불편한 마음에 핑계거리를 주기 위한 꼼수일 것이다. 하지만 남의 이목보다 현실적인 선택을 따르기로 했다. 사사로운 정에 끌려 그녀의 말을 따르게 되면 나중에 그녀의 남편이 더 힘들어질지도 모른다는 생각이 들었다.

그녀의 남편은 내 얘길 이내 알아들었고 그녀 때문에 겪는 어려움들을 하소연했다. 먹고 살기 어려워서 시작한 사업도 아니고 그저 남의 말에 혹하여 욕심 부리다가 잘 알지도 못하는 일에 손을 댔다는 거였다.

남편도 반대하는 일을 왜 벌였는지 그녀의 속내가 궁금하고 안타까울 뿐이었다. 그녀의 남편은 내가 그녀에게 꿔 주는 돈에 대해서는 그녀가 갚지 못하면 자신이라도 책임질 테니 걱정하지 말라고 했다. 나는 안심하고 돈을 부쳤고 그녀로부터 고맙다는 문자도 받았다. 약속한 시간은 불과 두 달이었다.

이런 이야기의 결말은 대개 뻔하게 흘러가기 마련이었다. 두 달후 그녀에게선 아무 소식도 없었고 내 전화도 받지 않았다. 그녀의 남편도 처음과 다르게 어려운 사정만 이야기할 뿐 언제 돈이 된다는 말은 없었다.

빌려준 돈도 돈이지만 그동안 알고 지낸 세월을 도둑맞은 듯 허무했다. 지금껏 알던 사람들이 그런 사람들이었나 싶어 나 자신이 바보처럼 느껴졌다. 두어 번 더 연락을 하다 사람과 돈 둘 다 잃느니, 사람이라도 잃지 말아야겠다 싶어 그냥 마음을 비우기로 했다.

그 후로 그녀와 그녀의 남편에게선 어떤 기별도 오지 않았다.

얼마 전이었다.

문상을 간 자리에서 오래 알고 지내던 지인들을 만나게 되었고 그 집 이야기가 나오게 되었다. 알고 보니 다른 사람들에게도 모두 돈 이야기를 했고 그중 나만 걸려든(?) 셈이었다.

나와 그 집의 돈 거래를 알게 된 사람들은 저마다 안타까워했는데 그중 누군가가 얼마나 어려우면 그랬겠느냐며 혼잣말로 흘리는 소리를 듣게 되었다.

그 이야기를 듣는 순간 나는 그녀나 그녀의 남편이 미안하다는 말 한마디 없이 연락을 끊었을 때보다 더 이건 아니지 이건 아닌데 싶은 마음이 들었다.

물론 애들도 가르치고 먹고 살아야 하니 남의 돈이라도 끌어 써야 할 때도 있었겠지만, 들리는 소문으론 내게 말한 만큼 어려운 상황은 아닌 것 같았다. 그녀의 남편도 직장에서 여전히 인정받고 있었고 아이들 뒷바라지도 변함없다는 풍문이었다.

그런 소문을 들을 때마다 나는 그녀에게 빌려준 돈보다 더 많은 그 무엇을 잃은 것 같아 언짢아지곤 했다. 더구나 어려우니 그럴 수도 있지 않겠냐는 어떤 이의 말은 단순히 언짢은 감정만이 아니라 넘지 말아야 할 것을 넘은 듯 개운치 않았다.

누구에게든 어려운 일도 있고 곤란한 경우도 있고 힘든 고비도 있는 게 사람의 '살이' 아닌가. 그렇더라도 상황이 어렵다는 이유 하나만으로 잘못된 것들을 그럴 수 있는 것으로 탈바꿈시켜 버린다면 살아가며 지켜야 하는 도리니 도의니 하는 것들은 무슨 의미가 있나.

어려운 상황이 닥치면 누구든 눈에 보이지도 않는 도리 따위는 뒷전이고 당장 급한 불을 끄기에 급급한 게 사실이다.

하지만 우리가 지켜야 할 것들은 평범한 일상을 살아갈 때가 아니라 위급하고 어려운 상황이 생겼을 때 진가를 드러내는 게 아닐까.

좋을 때나 편할 때는 굳이 무엇을 지키려 노력하지 않아도 순조롭게 굴러가기 때문이었다.

나쁜 상황이 닥쳤을 때 어떤 선택이나 결정을 할 것인지 갈등하게 되고 그때 그 사람의 본래 모습이 드러나게 되는 법이다.

좋은 상황에서 좋은 선택을 하는 것은 그리 어려운 일이 아닐

것이다. 나쁜 일이 닥쳤을 때 좋은 결정을 하는 게 어려운 일이고 더 가치 있는 일이 아닐까.

어려우니까 그럴 수 있다는 말은 어려우면 무엇을 지키지 않아도 허용되고 정당화된다는 말처럼 들렸다. 정상참작이라는 말도 정상을 참고한다는 것이지 잘못이 정당화된다는 말은 아닐 것이다.

상황에 따라 잘 잘못의 잣대가 달라질 수 있는 거라면 진정한 가치의 기준은 어디에 두어야 하나.

몇 번은 마주쳤을 테지만 뚜렷하게 기억이 나지 않았다.

'금강산식당' 그 여자의 얼굴이.

여자의 죽음이 입에 입을 타고 번져왔을 때 나는 여자의 죽음보
다 머릿속 어느 갈피에 끼어있을지 모를 그녀의 얼굴을 찾고 있었
다. 얼굴을 기억해 낸다고 무엇이 달라지랴마는.

"남편이 아침에 가게 문을 열려고 나와 보니 글쎄 여자가 죽어…
자살이라네."

"근데, 여자가 왜 가게에서 혼자 자고 있었을까?"

남의 말 좋아하는 사람들의 애통한 인사치레를 한 꺼풀 벗겨내
면 이내 죽음의 밑바닥에 숨겨진 자극적인 이야기로 이어졌다.

사람이 죽었다면 분명 무엇이 있을 거라 여겼다. 막상 아무것도 없다고 한다면 오히려 얘깃거리 하나 남기지 않은 심심한 죽음으로 치부할 태세였다. 그리곤 여자의 인상이 어두웠다는 둥 하는 짓이 좀 남달랐다는 둥 하며 여자는 이미 죽음의 인자를 품고 있었다는 식으로 몰아갔다. 나 역시 여자의 얼굴을 기억해 내려는 속마음 밑바닥에 그런 호기심이 있었을지도 모른다.

아들 둘을 모두 결혼시켰고 남편과 함께 이 동네에서 오랫동안 식당을 꾸리던 여자였다. 여자는 주방 일을 보았기 때문에 밖으로 나돌 일이 없었지만 배달통을 들고 다니는 남자의 모습은 종종 볼 수 있었다.

나도 그 식당 음식을 심심치 않게 시켜 먹곤 했었다. 여자의 남편은 음식 배달을 하기에는 좀 넘친다 싶은 준수한 외모였고 아들 역시 남자를 닮은 듯 서글서글하고 반듯해 보였다. 남자가 배달하지 못할 때에는 대신 아들이 오곤 했다.

처음에는 여자와 그 남편 둘이서 식당을 꾸렸는데 나중에 아들이 합류한 것 같았다. 소문으로는 아들이 하던 사업에 실패해서 여자와 남편이 하는 식당으로 들어와 일을 하게 되었다는 풍문이 돌았다. 확실한 것은 둘이 살던 좁은 다세대 주택으로 아들 며느리가 들어와 산다는 것뿐이었다.

여자의 얼굴은 아무리 머리를 굴려도 떠오르지 않았다.

그녀가 만든 매운 '오징어 볶음'은 어떤 상징처럼 떠올랐고 생각하는 것만으로도 당장 침이 고였지만 그녀의 얼굴은 캄캄했다.

그 '오징어 볶음'은 유난히 맵고 자극적이었다.

그냥 맵고 자극적인 것이 아니라 입맛을 끄는 감칠맛이 있어서 이상스런 치유의 능력까지 있는 것 같았다. 입맛이 떨어졌거나 노곤하다거나 으슬으슬 감기 기운이 있을 때 그 매운 오징어 볶음을 먹고 땀을 흘리고 나면 몸이 가벼워지는 기분이었다.

몸 안의 찌꺼기를 한꺼번에 땀으로 쏟아내게 하는 특별한 힘이 있었다.

뿐만 아니라 구질구질 비가 내리는 궂은 날 흉허물 없는 누군가에게 속내를 털어놓고 싶을 때면 알싸한 술맛에 곁들일 수 있는 안주로 그 '오징어 볶음'이 생각나곤 했다. 맵다 못해 뜨겁까지 한 '오징어 볶음'으로 걸쩍지근한 속에 불을 지르고 나면 다 태워 버린 듯 후련해지곤 했다.

몸이 찌뿌둥하거나 기분이 우울할 때 병원에 갈 수도 없고 그냥 놔두기도 애매한 날 생각나는 음식이었다.

아들 며느리와 함께 살고 있는 여자가 무슨 이유인지 모르지만 집을 놔두고 가게에 나와 잤다는 것을 두고 소문이 꼬리에 꼬리를 물었다. 그녀와 친하게 지나는 사이라도 그녀가 추우나 더우나 가게에서 자고 있다는 것을 모르고 있었던 사람들이 많았다.

그녀 스스로 말하지 않는다면 거기서 자는지 알 수도 없을 것이고 설령 안다고 해도 왜 거기서 자느냐고 캐물을 수도 없는 일이었다. 그녀가 가게에서 밤이나 낮이나 있었다는 것을 그 집 식구들이 아니면 알 리 없었다.

죽은 후에나 알게 된 거였다.

남편과 사이가 안 좋았다는 둥 고부 간의 갈등이라는 둥 원래 성격이 꽁해서 풀지 못한다는 둥하며 살아서는 관심 밖이었는데 죽고 나니 사람들의 과분한 관심의 대상이 되었다.

수많은 사람들이 그 식당 앞을 지나고 또 다른 사람들이 그 식당에서 오징어 볶음을 먹고 가정식 백반을 먹으면서도 그 여자를 떠올리는 법이 없었는데 죽고 나니 입에 올렸다.

얇은 유리벽 너머에서 도시의 휘황한 불빛을 따라 웃고 떠들며 지나치는 사람들 중 누구도 그녀가 빈 가게 안에서 혼자 잠든다는 사실을 알지 못했다.

그 식당에서 거의 매일 음식을 시켜 먹었던 사람들 역시 마찬가지였다. 사람들에게 여자는 그냥 금강산식당에 놓인 의자나 탁자 아니면 조리도구 정도일 뿐이었다.

그녀의 죽음 후에 쏟아지는 사람들의 관심을 죽음이 있기 하루 전으로 되돌릴 수 있다면 그녀는 살 수 있었을까.

자신이 만든 밥과 반찬의 냄새가 아직 가시지 않은 식당 안에는 자신의 몸처럼 익숙한 주방기구와 빈 테이블만이 곁을 지켰을 터였다. 불 꺼진 가게 안에서 여자는 자신이 쓰던 하찮은 물건들처럼 던져지거나 구겨지거나 한쪽에 팽개쳐진 모습으로 잠들었을 거였다.

가게 밖 유리벽 너머에는 거침없이 떠들며 지나치는 사람들의 발길로 북적거렸을 테지만 그들에게 그녀는 존재하지 않았다. 사람들은 그녀에게서 너무 멀리 있었다.

그녀가 만든 음식을 매일 먹으면서도 그녀가 거기 있다는 단순한 사실은 물론이고 자신들이 즐겨 먹는 음식을 누가 만드는지조차 잊고 있었다. 손님들이 쓰는 스테인리스 수저나 젓가락 따위처럼 한두 개 없어져도 표가 나지 않는 사소한 집기 같은 존재였다.

여자는 그저 이름 없는 여자일 뿐이었다. 입에 맞는 반찬을 먹을 때에도 그녀를 떠올리기보다는 그 식당 이름이 먼저였다. 그 식당에 딸린 이름도 얼굴도 모르는 음식 만드는 여자.

그래서 내가 여자에 대해 알고 있는 정보라는 게 고작 '오징어볶음'이 전부였다.

"더 어려웠을 때에도 살았는데… 살만해졌는데… 왜 그랬어참…."

수군거리는 사람들 틈에서 누군가 울먹거리며 혀를 찼다.

살만해졌다는 말은 다른 사람들이 살만해졌다는 거지 여자는 여전히 살만하지 못한 거였다. 아무도 그것을 눈치채지 못했다. 식구들도 다르지 않았다.

한 지붕 아래 한솥밥을 먹고 이 방 저 방에 살았지만 그 여자가 죽음으로 가고 있다는 것을 눈치채지 못했다. 그저 성격이 이상한 엄마라고, 아내라고, 금강산식당 여자라고 여겼을 거였다.

죽음이 있던 날에도 여자는 식당 일을 마치고 으레 하는 운동을 다녀왔고 별다른 낌새도 보이지 않았다고 했다. 하기야 늘 그렇게 주방에서, 늘 그렇게 음식을 만들며, 늘 그렇게 있는 듯 없는 듯 살았으므로 그날이라고 해서 유독 그 여자의 행동거지를 눈여겨 본 사람은 없었을 것이다.

그녀는 늘 그렇게 있는 사람이었으므로.

한 공간에서 몸을 부비며 산 자식과 남편도 죽음에 이를 정도로 끓어올랐을 그녀의 속내는 볼 수가 없었다. 보려고 하지 않았을 것이다.

생활이 나아지는 것이야 눈으로 보이겠지만 황폐해지는 마음은 눈에 보이지 않았다.

마음은 마음으로 보아야 볼 수 있는 것이니까.

살림살이가 나아지는 것과 반대로 그녀의 마음은 점점 메말랐지만 아무도 마음의 눈으로 보지 않았다.

밥을 지어 팔던 여자.

매운 오징어 볶음을 잘 만들던 여자.

금강산식당 그 여자.

상큼한 나물이며 얼큰한 찌개며 달콤 매콤한 오징어 볶음 속에 녹아 있던 한 여자의 죽음과 절망을 매일매일 먹어 치우면서도 무심했던 사람들이 여전히 금강산식당 앞을 지나갔다.

손님이 빠져나간 빈 식당에 혼자 있던 여자는 구조 신호가 닿지 않는 망망대해를 떠돈 거였다.

매일 얼굴을 마주치던 이웃이며 손님이며 가족들이 있었지만 아무도 그녀의 구조 신호를 받지 못했다.

나는 여전히 그녀의 얼굴을 기억해 내지 못했다.

매운 오징어 볶음을 잘 만들던 식당집 여자일 뿐이었다.

금강산식당 그 여자가 그냥 여자일 때 우리 역시 그냥 여자 그냥 남자가 되는 거였다.

마음의 눈으로 상대를 보지 않았던 사람들 역시 어느 순간 그 여자처럼 아무도 자신을 마음의 눈으로 보아주지 않는다는 것을 알게 될 것이다.

'금강산식당' 문에는 여전히 '상 중'이라고 씌어있었다.

나
부
랭
이
의
외
침

⋮

사람도 식물처럼 적당한 일조량을 쐬어야 건강한 몸과 마음을
유지할 수 있는 모양이었다.

사람이 식물처럼 광합성을 하는 것도 아니고 햇빛을 좀 덜 쏘인
다고 엽록소를 만들지 못하는 것도 아니니 무슨 큰일이 나겠느냐
고 하겠지만 식물에 필요한 것은 사람에게도 필요한 것 아닐까 싶
었다.

날도 춥고 구름 낀 날이 많아서 그런지 마음에도 구름이 낀 듯
우중충하고 찌뿌둥했다. 하늘을 보거나 사람을 만나서 얼굴을 보
며 이야기하는 것보다 휴대전화의 작은 화면에 코를 박고 하루를
시작하고 끝내기 일쑤인 요즘이었다.

모든 일이 심드렁하고 물에 물 탄 듯 술에 술 탄 듯했다.

대충 저녁 끼니를 때우고 비몽사몽 텔레비전을 보며 시간을 죽이고 있는데 전화벨이 울렸다. 대개 휴대전화로 연락을 받는 터라 밤에 울리는 전화벨 소리가 새삼스러워 신기한 신문물을 대하듯 쳐다보다가 한껏 게으르게 수화기를 집어 들었다.

재미난 일도 없고 신기한 꼴도 볼 수 없는 때에 가슴이 덜컥 내려앉을 만큼 나쁜 소식만 아니라면 전화를 걸어 준 상대에게 고마운 마음이 들 만큼 고적하고 한가한 밤이었다. 텔레비전을 보며 하품을 씹는 것보다야 아무려면 사람이 낫지 싶었다.

그러니까 누구하고든 소통하고 싶은 저녁이었다는 얘기이다.

이런 이슥한 시각에 걸려온 전화라면 그래도 나와 꽤 친분이 있거나 아니면 나처럼 소통의 시간을 갖고 싶은 상대일 거라고 멋대로 단정하며 수화기를 들었다.

기계를 타고 오는 음성은 한 번도 들어 본 적 없는 나긋한 여자의 목소리였다. 누구지?

여자의 목소리가 들어 있을 만한 기억의 갈피를 뒤적거렸지만 좀처럼 잡히지 않았다. 내 기억이란 것이 오류를 밥 먹듯 해서 신뢰할 수 없게 된 지라 여자의 목소리를 쉽게 찾아낼 것 같지 않았다. 허우적거리던 기억은 한순간 정전이 된 듯 캄캄했다.

이제 나는 여자의 처분만 기다릴 뿐이었다.

"지금 잠깐 시간 좀 내주실 수 있는지요?"

여자의 태도가 나긋나긋하고 정중했다.

"아, 예."

나는 여자가 무슨 말을 하든 다 들어주겠다는 듯 순종적인 태도로 답했다.

여자는 한 십 분 정도 시간을 내 달라고 했지만 상대와 말이 통하기만 한다면 십 분 아니라 두어 시간도 낼 수 있다고 생각했다. 잠은 줄고 애 볼 일은 없고 오히려 애들이 나의 간섭을 성가시게 생각하는 터에 남편도 오늘따라 늦게 귀가한다고 하는데 이런 밤 여자의 나긋한 질문을 마다할 이유가 없지 않은가.

공손하고 친절한 나의 태도에 여자가 적지 않게 안심한 듯했다.

여자는 본격적으로 나와 이야기를 나눌 심산인 것 같았다.

나는 여자가 무슨 이야기를 꺼내든 친절하고 성의껏 대답해 줄 준비가 되어 있었다. 한가하다 못해 무료한 밤에 아무리 쓸데없는 이야기라도 이야기 나눌 상대가 있다는 게 위로가 되는 날이었으니까.

여자는 자신을 'XX리서치'라고 밝혔다.

XX리서치라는 말을 들으니 약간 부풀었던 마음에서 살짝 김빠지는 소리가 났다.

여자는 내 기억을 스쳐간 누군가가 아니었다. 기억의 한 올을 풀어낼 상대가 아닐까 잠시 기대했었는데 무작위로 뽑힌 대상이 된 거였다.

그래도 세상의 나침반이 어디로 향할지 나에게 묻는다는 것은 반갑고 긍정적인 일이라고 토라진 내 마음을 다독였다.

나는 여자에게 시간을 내줄 수 있다고 아주 적극적으로 말했다.

여자는 올해 있을 선거에 대해 몇 가지 설문조사를 하는데 답해 줄 수 있겠느냐고 했다.

살아오는 동안 선거를 한두 번 치른 것도 아니고 이 사람을 찍으면 저 사람이 당선되고 이렇게 되었으면 좋겠다고 하면 저렇게 되었던 적이 한두 번이 아니었다. 어째서 내가 찍는 사람은 당선되지 않는 것인지 불가사의한 일이라고 생각했었다.

한때 정치 따위에는 관심도 갖지 말자고 다짐했었다. 정치인들은 즈이들끼리 지지고 볶으며 감투싸움 하는 것이고 우리 같은 국민들은 우리가 알아서 자력갱생해야 하는 거라고 여겼다.

우리가 뽑은 정치인들이 우리를 위해서 일하는 것이 아니니 관심 가질 필요도 없다고 여긴 거였다.

그런데 여자가 갑자기 선거에 대해 묻는 거였다.

아무리 정치에 관심이 없다고 하지만 눈에 보이는 게 정치인이고 뉴스를 도배하는 게 정치 이야기이니 이런저런 생각이 없을 수 없었다. 정치인들의 볼 꼴 못 볼 꼴을 겪어왔고 눈을 부릅뜨지 않으면 사탕발림이나 얄팍한 거짓말에 속기 십상이라 유권자 노릇도 쉬운 게 아니었다.

그런 정치인들에게 단련이 되다보니 웬만한 유권자들은 어줍지 않은 정치평론가 찜 쪄 먹을 만큼 해박한 정치 견해를 갖고 있었다.

오죽하면 정치와 종교 이야기는 아는 사람들끼리 꺼내지 말라는 말처럼 자신의 입장이 분명한 게 정치 성향 아니던가.

딱히 할 일도 없는데 나름의 정치 성향을 펼쳐볼 기회라고 생각했다.

"그런데 올해 나이가?"

설문을 시작하려던 여자가 다급하게 물었다.

나이? 불과 몇 달 전에 한 살을 가볍게 해치우고 아직도 내가 한 살 더 늘어났다는 사실이 믿기지 않았다. 만 나이로 할까? 올겨울이 되어야 생일이니까 그래도 되지 않을까 아니면 몇 살 줄여서 말할까. 짧은 순간 오만가지 생각이 스쳤다.

XX리서치에서 정해 놓은 나이의 한계점이 어디일까 가늠했지만 답이 나오지 않았다. 얄팍하게 머리를 굴리다가 결국 제 나이를 제대로 말하고 말았다. 만 나이도 아니고 몇 살 줄이지도 않고 곧이곧대로 말해버렸다.

"죄송… 뚜뚜뚜뚜."

수화기 저쪽에서 빛의 속도로 반응이 왔다.

'죄송합니다'가 아니라 그냥 '죄송'에서 여자의 음성이 끊어졌다.

나는 잠시 수화기를 든 채 '죄송'이라는 말을 곱씹었다. 내 나이가 여자를 죄송하게 만들었다니 내가 더 죄송한 마음이 들었다. 어쩌자고 남에게 죄송할 만큼 많은 나이를 해치웠단 말인가. 씁쓸했다.

여자는 몹시 급하거나 놀란 모양이었다. 그렇게 놀랄 나이도 아니라고 생각했던 것은 나만의 착각이었나?

그 여자가 나에게 무엇을 묻고 싶었는지 모르지만 세상 속에 살고 있는 나 같은 사람들의 생각이나 의견은 듣고 싶지 않은 모양이었다. 그렇다면 내 또래를 살고 있는 수많은 사람들의 생각은 어디에 말하고 어디서 들어 주는가.

여자는 어떤 사람들에게 무엇을 묻고 싶었던 것일까. 여자가 묻고 싶어 했던 그 대상들이 세상을 움직이는 축인가. 그렇다면 그 외의 사람들은 축 밖에서 축이 돌아가는 대로 따라가는 한낱 나부랭이에 불과한 것일지도 모른다.

오늘따라 세상을 향해 내민 내 손짓이 무안했다.

재미난 것도 없고 신나는 일도 없는 무료한 밤이다.

세상은 내 생각에 귀 기울이지 않는다. 내가 힘을 보태지 않아도 세상은 돌아갔다. 그들의 세상과 나의 세상은 한 하늘 아래 있지만 다른 세상이다.

다음 날 다시 비슷한 전화를 또 받았다.

아무리 누군가와 소통이 필요한 밤이지만 이번에는 내가 먼저 거절했다.

다행스러운 것은 나부랭이들에게도 투표권이 있다는 사실이다.

효도거래

:
:

　어느 자리에서 어떻게 보느냐에 따라 사건이나 사실들이 아주 다른 의미로 다가오는 경우가 있다. 흔하게 넘겼던 일들도 뒤집어 생각해보면 전혀 달라 보였고 옳고 그름 역시 뒤바뀐 것처럼 느껴질 때가 있다.

　그날 아들이 전하는 이야기를 들으면서도 비슷한 생각이 들었다.

　아들이 전한 이야기는 이랬다.

　결혼시킨 아들을 둔 늙은 여자가 있는데 형편이 넉넉해서 결혼시킬 때 번듯한 아파트도 사 주고 경제적인 지원도 해주었다고 했다. 처음에는 결혼한 아들 며느리와 사이가 좋았는데 무슨 이유인지 점점 관계가 틀어졌다고 했다. 그즈음 손자의 돌이 되었고 늙은 여자는 아무리 아들 며느리와 사이가 틀어졌다고 해도 손자의 돌이니 연락이 올 것으로 기대했단다. 그런데 전화 한 통 없이 짧은 문자가 왔는데 돌잔치를 할 장소와 시간을 알리는 단체 문자였다는 거였다.

늙은 여자는 아들 며느리의 태도에 화가 치밀었다. 아들에게 아파트도 사 주고 경제적 지원을 한 것이 후회되었다고 했다.

늙은 여자가 손자의 돌잔치에 참석했는지 어떤 태도를 보였는지 알 수 없고 얘기는 여기까지였다.

남의 집 이야기를 전하며 아들은 마치 자신이 이야기 속의 늙은 여자가 되기라도 한 듯 핏대를 세웠다.

"그런 놈들은 집도 사 줄 필요 없어! 준 돈도 다 뺏어야 돼!"

아들은 흘러넘치는 자신의 효심을 뽐내기라도 하듯 말했다.

아들의 말 속에는 자신이 부모에게 그 정도의 재산을 받았다면 지극 정성으로 효도를 할 것이라는 암시가 숨어 있는 것 같았다.

이런 종류의 이야기는 우리 주변에서 흔히 들을 수 있는 일이었다. 나 역시 종종 이런 얘기를 듣곤 했다. 돈을 줄 때만 효도를 하다가 어느 정도 지나면 모른 척하는 자식들이 많다는 거야 요즘 세상에 흔한 일이었다. 그래서 죽기 전에 미리 자식에게 돈을 주어서는 안 된다는 노인들도 많았고 그러면서도 한편으로 형편이 어려워진 자식을 모른 척할 수 없어 도와주는 노인도 적지 않았다.

"그래? 그러면 집도 사 주고 돈도 준 부모니까 잘해야 된다는 말이니?"

나는 확인하듯 되물었다.

"그럼 당연하지 않나?"

아들은 당연한 것을 왜 묻느냐는 듯 쳐다보았다.

돈을 준 부모가 효도 받고 대접받는 게 당연한 일 아니냐는 투였다.

"그러면, 돈도 집도 못 해준 부모에게는 잘 못해도 된다는 말이니?"

나는 집을 사 줄 수도 없고 돈을 대 줄 수도 없는 부모를 대신해서 물었다.

"아니… 그건 아니지만…."

아들은 조금 전 열을 올리던 태도와 달린 난처한 표정을 지었다.

아들의 논리대로 하면 돈의 액수에 따라 효심의 크기가 달라지는 게 이상할 것 없어 보였다.

눈에 보이는 모든 것들이 돈으로 가치가 결정되는 시대에 살고 있다. 숫자나 액수로 표시될 수 있어야 가치 있는 것으로 받아들였다.

별이 몇 개냐 좋아요가 몇 개냐에 따라 좋은 것이 되기도 하고 나쁜 것이 되기도 했다. 물질의 가격만이 아니라 눈에 보이지 않는 감정이나 마음도 숫자로 표시하고 돈으로 측정했다.

남녀 간의 애정이나 부모 자식 간의 사랑이나 친구 사이의 우정 등등 돈으로 환산할 수 없는 것은 없어 보였다. 사랑한다면 상대에게 그 정도 돈은 써야 한다고 믿는 게 일반적인 상식이었다. 돈을 쓰지 않으면 마음도 그것밖에 안 되는 것이었다.

　빚을 내서라도 분에 넘치는 선물을 한다거나 혼수를 준비했다. 부모나 자식도 물질적으로 많이 해주어야 대접을 받았고 자식 역시 부모에게 값비싼 선물이나 두둑한 용돈을 주어야 효성스러운 자식이라는 칭송을 들었다.

　젊은 사람들만 그런 것이 아니라 나이 든 사람들도 마찬가지였다. 돈 있는 노인들은 내가 돈이 있으니까 자식들에게 무리한 요구를 해도 된다고 생각했다. 어떤 노인은 즈이들이 그렇게 내 말에 복종하지 않으면 내 돈 한 푼도 안 줄 거라며 돈을 무기로 삼는 경우도 있었다.

　젊은 사람이든 노인이든 돈을 가진 자가 강자이고 돈이 없으면 아무리 젊음이 있다고 해도 약자가 되는 거였다.

　재력이 무기이고 힘이었다. 무기가 된 돈으로 해를 가하거나 횡포를 부리기도 했다.

　돈이란 저울에 올려놓고 보면 자식에게 집과 돈을 주었다는 것은 자식에 대한 사랑이 그만큼 깊다는 것인데 그것을 모르면 불효 막심한 인간이란 얘기였다.

　그렇다고 늙은 여자의 아들을 옹호할 생각은 없었다. 배은망덕한 게 사실이니까.

　물론 요즘 세상에 '집'은 그냥 사람이 거처하는 의미가 아니라 평생을 걸고 모아야 겨우 이룰 수 있는 부의 결정체였다. 그런 것을 자식에게 해 준 부모라면 자식은 당연히 효도해야 할 것이다. 누가 이 말에 이의를 제기할 수 있나?

하지만 세상에는 자식에게 집을 사 줄 수 있는 부모도 있지만 그렇지 않은 부모가 더 많을 것이다. 집이란 게 슈퍼에서 사 먹을 수 있는 천 원, 이천 원짜리 과자 한 봉지가 아니니까.

집을 사 줄 수도 없고 돈을 줄 수도 없는 부모는 효도의 대상에서 제외되어도 되는 것일까? 씁쓸한 생각이 들었다. 부자 부모는 대접을 받고 가난한 부모는 푸대접을 받아도 당연하게 생각해야 하는 이런 세상을 누가 만들었는가.

누구나 누군가의 자식이었다가 누군가의 부모가 된다.

어느 누구도 부모 자식이란 관계에서 자유로울 수 없다.

자식에게 돈을 주었으니 효도를 받아야 한다는 부모들의 생각이 과연 옳은 것일까. 이런 생각이 옳은 거라면 돈으로 효도를 사는 것과 무엇이 다른가. 돈으로 사겠다는 사람이 있으니까 효도를 팔기도 하고 사기도 하는 게 아닌가.

부모가 자식에게 무엇이든 해주고 싶은 마음을 탓하고 싶지는 않다. 다만 그런 것으로 더 많은 효도를 바라는 게 과연 옳은 것일까 하는 문제였다.

그냥 주면 주는 것이지 효도를 빌미로 한다면 효도를 거래하는 것과 다르지 않아 보였다. 그렇다면 자식들 역시 마음에서 우러나는 효도가 아니라 돈이 되는 효도를 하게 될 것이다.

무엇을 바라고 부모에게 하는 효도가 진정한 의미의 효도가 아니듯이 부모 역시 돈으로 효도를 사지 말아야 한다고 생각했다.

자식은 돈을 주면 효도하고 부모는 돈을 주었으니 더 효도 받아야 한다고 생각하는 것이 과연 바람직한 것인지 곱씹어 보았다.

아들의 이야기 속에 나오는 그 늙은 여자는 자식에게 많은 돈을 주었는지 모르지만 따뜻하고 너그러운 마음을 주지는 못한 모양이었다.

돈의 효력은 진통제와 같아서 먹을 때뿐이지만 진심어린 자식 사랑의 효력은 면역력과 같아서 부모 자식 간을 더욱 튼튼하게 만든다.

부모 자식의 관계에 정답이란 없다.

가정마다 그 가족만의 가치와 문화가 다르니 어떤 것이 정답이고 옳은 것이란 기준도 각기 다를 것이다.

분명한 것은 자식에게 무엇인가 주고 싶으면 아무 대가도 바라지 않을 만큼이면 좋을 것 같다. 힘에 부치게 주거나 과하게 주고서 그만큼의 대가를 바라게 된다면 늘 부족하고 서운한 마음이 들 것이다.

부모든 자식이든 평범한 인간이기에 기대하게 되고 바라게 되기 마련이었다. 기대하지 않을 만큼, 바라지 않을 만큼만 자식에게 베풀고 나머지는 너그러운 마음으로 채운다면 서운한 마음도 덜 할 것이다.

자식에 대한 사랑이나 부모에 대한 효심은 거래의 대상이 아니라는 것을 점점 잊고 있는 것만 같았다.

'뭐 먹을까?'

상 위에 놓인 메뉴판에 코를 박고 세 여자가 고민했다.

봄날 같은 겨울밤에 만나 그녀를 따라 들어온 곳은 변두리 음식
점답지 않게 멋스런 분위기였다. 이 동네에서 화실을 하는 친구가
음식 맛이 괜찮다며 앞장선 곳이었다.

화실을 하는 환쟁이는 음식이 깔끔하고 무엇보다 채소 위주의
건강식이라 마음에 든다고 했다. 와인 전문가인 '엘리자베스'라 불
리는 다른 친구는 토종 한국인인데 꼬부랑 이름으로 불리곤 했다.

환쟁이 말에 엘리자베스가 동조하며 보리밥보다 먼저 나온 파전
과 부추김치에 눈길을 보냈다. 환쟁이가 동동주를 앞에 놓인 질그

릇 잔에 따르며 권했고 우리는 그동안의 안부를 물으며 몇 달 만의 만남을 되새김질했다.

여자 셋이 나누는 대화란 베개 밑 이야기에서부터 저잣거리를 거쳐 세계 곳곳에서 일어나는 잡다한 일까지 이야깃거리가 되지 않는 것이 없었다. 남들이 들으면 주제도 없고 내용도 없고 어디로 튈지도 알 수 없는 것들이지만 세 여자는 더없이 진지하고 재미있었다.

간간이 인간 군상들에 대한 품평(?)을 안주로 대신하기도 하며 풍부한 수다의 소재를 생산했다. 그중에도 음식 이야기는 살림 좀 해 본 여자들이라면 꼭 끼는 소재였다. 아무리 음식 솜씨가 없다고 해도 음식에 대한 한두 가지 비법이라든가 요령은 있다.

누가 먼저랄 것도 없이 대화는 특이한 음식에 관한 일화로 흘러갔다.

환쟁이가 먼저 집에서 장어즙을 만들다가 장어가 튀어나와 곤욕 치른 이야기를 꺼냈다. 불지옥에서 탈출한 길고 시커먼 그것이 주방 바닥에서 몸을 비틀던 이야기를 하며 가볍게 진저리를 쳤다. 모두 환쟁이의 감정에 이입되어 오만상을 찡그리며 도리질을 했다. 그런 음식은 음식이라기보다 약 같은 느낌이었다. 보양식으로 먹는 것이지 한 끼 식사로 먹는 것은 아니었다.

환쟁이의 장어 이야기를 듣다보니 묵혀 두었던 기억이 올라왔다.

지금이라면 '건강원'에서 갖가지 생각하지도 못한 '즙'을 만들어 주지만 지난 시절에는 모든 것들을 집에서 만드는 게 흔한 일이었다.

어느 날 노모가 장어를 사왔고 그것을 고아야 하는 중대한(?) 임무가 내게 맡겨졌다. 식구들의 건강을 위해서 사왔다며 검은 봉지에서 꿈틀거리는 그것을 나에게 건넸다.

나를 위한 것이 아니라 식구들을 위한 것이지만 그 당시 나는 식구들을 위한 것이라면 내 몸을 바쳐서라도 해야 한다는 거대하고 무시무시한 사명감을 갖고 있었다. 내 의사나 감정은 중요하지 않았고 집안 식구들의 의사나 감정을 더 중요하게 여겼다.

대체 누가 나에게 그런 폭력적인 사명감의 덫을 씌웠는지 알 수 없지만 그때는 그게 법이었다.

차마 검은 봉지를 열어 볼 엄두가 나지 않았다.

굵고 시커멓고 미끌미끌 꿈틀거리는 그것은 똑바로 쳐다볼 수 없을 만큼 두렵고 징그러웠다. 하지만 언제까지 그대로 둘 수는 없었다.

검은 비닐봉지 안에서 꿈틀거리는 것은 혼자 들기에 벅찰 정도로 무거웠다. 노모가 전수해 준 방법은 아주 간단했다. 큰 들통에 참기름을 넉넉히 두르고 기름이 끓을 정도로 달궈지면 장어를 산 채로 넣는 거였다.

이때 주의할 것은 재빨리, 아주 재빨리 빛의 속도로 뚜껑을 덮어야 하는 거다. 이 타이밍을 못 맞추면 뜨거운 기름에서 요동치던 장어가 밖으로 튀어나오게 되는 거였다. 뚜껑을 덮는 일은 이 일을 무사히 마무리하느냐 마느냐 하는 중요한 포인트였다. 하지만 잽싸게 뚜껑을 덮는다고 일이 다 끝나는 것은 아니었다.

안에서 몸부림치는 그것들의 힘이 워낙 거세서 뚜껑이 열리지 않게 단단히 누르고 있어야 했다. 그것들의 목숨이 끊어질 때까지 얇은 스테인리스 뚜껑을 사이에 두고 살려고 발버둥 치는 요동을 전율처럼 느끼며 숨이 끊어지기를 기다려야 했다. 기름에 튀겨지는 장어의 처절한 몸부림은 양철지붕 위로 쏟아지는 폭우 소리 같다고나 할까.

그것들이 목숨을 부지하기 위해 기를 쓰듯 나 역시 식구들의 건강한 삶을 위해 단단히 누르고 있어야 했다. 그것들이 살려고 하듯 나도 무거운 사명감을 보란 듯 완수해야 했다.

세 여자의 이야기는 다시 지네며 불개미, 굼벵이 그리고 지렁이까지 몸에 좋다면 다 먹어 치우는 현대인들의 미개한 건강식 이야기로 흘러갔다.

그렇게까지 하며 먹고 살아야 하는 거냐며 와인빛깔처럼 볼이 발그레해진 엘리자베스가 역겨운 표정을 지었다. 그게 다 살자고 하는 짓 아니냐며 환쟁이가 너스레를 떨었고 엘리자베스가 몬도가네가 별거냐며 야만스러운 짓이라고 일축했다.

21세기를 달리고 있는 시대에 정작 사람들이 찾는 건강식이란 전 세기의 것들이니 그럴 만도 했다. 엘리자베스는 발효를 거친 음식이 얼마나 좋은 것이며 그 중에도 와인의 효능에 대해 열을 올렸다. 그녀의 관심 분야인 와인과 어울릴 수 있는 우리나라의 전통음식과 다양한 응용 방법에 대해서도 나름대로의 생각을 들려주었다.

몇 년 사이에 와인을 즐기는 인구가 급속도로 퍼지고 있고 앞으로 더 그럴 것인데 그런 현상은 단순히 와인의 대중화가 아니라 그것을 즐기는 문화의 보급과 같은 거라고 했다. 전문가답게 와인과 문화에 대한 엘리자베스의 논리는 정연했고 문화인다웠다.

밖으로 나오니 푸근한 겨울밤이라지만 등골이 서늘했다. 그냥 헤어지기 서운하다며 환쟁이가 한 정류장 거리에 있는 자신의 화실로 가자고 했다.

애들을 가르치기도 하고 그림을 그리기도 하는 곳인데 여기저기 놓인 환쟁이의 그림들 사이로 라면을 끓여 먹은 냄비며 말라붙은 김치그릇, 색 바랜 스웨터, 컴퓨터 앞에 놓인 밀린 고지서들이 널려 있었다.

감동이나 감탄을 자아내는 그림이 실상은 어수선하고 구질구질하고 궁색한 상황을 견뎌내며 태어나는 거라는 게 실감 났다.

화실 이곳저곳을 둘러보는 사이 잠깐 보이지 않던 환쟁이가 비닐봉지를 들고 들어왔다. 여기까지 왔는데 그냥 보낼 수 없다며 맥주와 안주를 꺼내놓았다. 괜한 짓 했다고 타박하면서도 누가 먼저랄 것도 없이 둘러앉았다.

밤길을 걸어온 때문인지 화실 안의 공기가 서늘했고 적지 않은 시간을 해치운(?) 여자들의 이야기는 자연스럽게 사는 일의 고단함과 속절없음으로 흘러갔다.

우아하고 고급스런 포장을 뜯어내면 으레 그렇듯이 누추하고 거친 일상의 속살이 보이기 마련이었다.

깊어지는 밤과 함께 세 여자는 허허로운 속내를 감추기라도 하려는 듯 과장스럽게 깔깔거리다가 갑자기 환쟁이가 마른안주 틈에서 OO육포라고 쓰인 비닐포장을 가리켰다.

"역시 이 상표가 제일 맛있어!"

대단한 발견이라도 한 듯 환쟁이가 외쳤다.

어느새 환쟁이의 입에는 검붉은 육포 조각이 물려 있었다. 그러고 보니 세 여자 모두 아까부터 비슷한 크기의 쪼가리를 빨고 있었다. 구미에 당기는 안주다 싶었는데 알고 보니 육포였다.

조금 전 먹은 보리밥이나 부추김치와는 다른 맛이 분명했다. 원래 육포가 붉은 피가 흐르는 날고기였다는 걸 잠시 잊은 채 세 여자의 입맛은 홀린 듯 육포를 씹었다.

침에 불어 되살아나는 비릿한 피 냄새와 흐느적거리는 살덩어리를 질겅거리며 서로를 바라보았다. 환쟁이가 감탄한 대로 OO육포는 아무리 예민하고 고급스러운 문화인의 입맛이라도 감쪽같이 속일 수 있을 만큼 잘 가공된 맛이었다.

세 여자는 누가 먼저랄 것도 없이 고개를 끄덕거렸다.

야만적인 보양 건강식에 핏대를 세우던 여자들 모두 말이 없었다.

문화인의 구미에 맞게 요리된 육포가 실상은 핏물이 흐르는 날고기였다는 사실을 까맣게 잊은 채 오랫동안 육포를 씹었다.

제4부

… 브레이크 잡고
서행하는 중입니다

흘러간 물을

되돌릴 수 없는 것처럼

깨진 믿음도

되돌릴 수 없겠지.

그때 누군가

나지막이 속삭였다.

용서가 있지.

무
대

━━━━━━

⋮

병실은 조명이 비치는 무대처럼 밝았다.

동향으로 난 병실 창문으로 오전의 햇살이 찢어질 듯 요란했다.

눈이 시릴 만큼 빛나는 아침 햇살을 받으며 노모는 아침잠에 빠진 듯 평온한 얼굴이었다. 미간이며 눈가의 주름도 여전했고 고집스러운 표정도 그대로였다.

병실 문을 열고 들어섰지만 선뜻 다가가지 못했다.

잠시 숨을 고르며 정면으로 보이는 노모의 얼굴을 바라보았다. 노모가 누워 있는 머리 뒤 창문으로 들어오는 햇살이 비현실적으로 보였고 꿈속인 듯 몽롱했다.

오늘 새벽 선잠에서 깨었을 때 노모가 운명했다는 전화를 받았다.

어제저녁 병실에 다녀갔을 때만 해도 설마 오늘 아침 이런 소식을 들을 거라고는 짐작하지 못했다. 노모의 생이 얼마 남지 않았다는 병원 측의 통보를 받았지만 이렇게 다급하게 올 줄 몰랐다.

손을 만져보니 여전히 따뜻한 기운이 느껴졌다.

"아직 따뜻한데?"

그 역시 지금의 상황이 믿기지 않은 모양이었는지 어젯밤 병실을 지킨 시동생을 돌아보며 말했다.

시동생은 의사가 와서 운명하신 것을 확인했다며 고개를 가로저었다. 시동생은 자신 역시 한 병실에 있었지만 노모의 마지막을 알지 못했다고 했다. 진통제와 주사를 워낙 많이 맞다보니 약에 취해서 잠이 든 줄 알았다는 거였다. 한동안 기척이 없는 것이 이상해서 흔들어 보고 그제야 알았고 했다.

"아직 체온이 남아 있어서 그런 걸 거야…"

서서히 몸이 식어 갈 거라며 시동생은 담담히 말했다.

하기야 여전히 몸이 따뜻하다고 한들 달라질 것은 없었다. 끊어진 숨이 다시 붙거나 사라진 생이 다시 나타나는 것은 아니었다. 시간이란 언제나 한 방향으로 흘러가게 마련이니 역주행이란 없었다.

세 사람은 이제 무엇을 해야 할지 생각이 떠오르지 않아 병실을 서성거렸다.

누구에게나 이런 순간이 오는 것이고 노모의 죽음도 예상한 일이었다. 하지만 이런 느낌 이런 기분일 거라고는 짐작하지 못했다.

아무리 노모의 죽음을 예상하고 준비했다고 해도 세상의 모든 죽음은 등 뒤에서 느닷없이 나타나는 모양이었다.

아직 온기가 남아 있는 손과 퉁퉁 부은 발을 천천히 만져보았다.

헝클어진 흰 머리칼 사이로 손가락을 넣어 쓸어내렸다. 반쯤 벌어진 입을 조심스럽게 닫았지만 고장 난 문처럼 다시 벌어졌다. 더이상 들어갈 것도 나올 것도 없는 퀭한 구멍 같았다. 수없이 많은 말들이 쏟아져 나왔고 수없이 많은 음식들이 들어간 곳이었다.

어떤 일이든 그냥 넘어가는 법이 없이 꼬투리를 잡았고 어떤 음식이든 타박을 하던 노모였다. 세상의 모든 기준은 노모를 중심으로 돌아가야 직성이 풀리는 성정이었다.

수십 년 곁을 지킨 나의 존재 역시 자신의 부속물일 뿐이었다. 그런 노모가 이 세상에서 퇴장한 거였다. 어떻게 그럴 수 있나. 믿기지 않았다.

노모는 영원히 이승에 살 것 같았다. 영원히 노모의 인생과 나의 인생은 칡넝쿨처럼 얽히고설켜 쉽사리 풀리지 않을 것 같았는데 풀지 못한 채 노모가 죽음을 맞이한 거였다.

훨훨 날아가세요. 훨훨 날아가세요. 자유롭게 훨훨.

노모가 듣고 있기라도 한 것처럼 속삭였다.

노모와 함께 지낸 몇십 년의 시간들이 간추린 필름처럼 머릿속에서 돌아갔다. 필름 속의 나는 어리고 또 젊었다. 노모 역시 젊고또 젊었다. 그때는 보이지 않던 젊은 날들이 지금에야 보였다. 서운하고 어이없던 일이며 분하고 억울했던 일, 충격적이고 놀라웠던 사건들마다 노모가 등장했다.

노모의 등장은 언제나 나를 불리하게 했고 곤혹스럽게 했다. 나쁜 기억은 잡초처럼 생명력이 질겼다. 뽑아 버려도 다시 자라나서 머릿속에 우거진 잡초밭을 만들었다.

노모가 변했다고 느낀 것은 돌아가시기 두 주 전쯤이었다. 그날 노모는 마치 다른 사람이 된 것처럼 다정스럽게 말을 걸었다.

"내가 마음은 그렇지 않았는데… 너에게 잘못한 게 있다면 미안하다…."

아무리 잘못해도 사과할 줄 모르는 노모였다.

미안하다는 말에 놀라서 노모의 부은 발을 주무르다가 한동안 멍하니 서 있었다.

미안하다는 말 한마디로 수십 년의 묵은 상처들이 아무는 거라면 너무 간단하고 쉬운 것 아닌가. 하지만 노모의 사과가 느닷없이 튀어나와서 그런 생각을 정리할 사이도 없이 괜찮다고 괜찮다고 했다.

무엇이 괜찮다는 것인지 나 자신도 이해할 수 없는 말이었다. 미안하다는 말은 아무래도 노모에게 어울리지 않아 보였다. 사과 따위는 하지 말아야 하는 사람처럼 여겨졌는데 미안하다고 하니 그저 황송한 마음이 들어서 나도 모르게 괜찮다고 말해버렸다. 돌아보니 노모가 이승에서 마지막으로 남긴 진심어린 말이 '미안하다'인 셈이었다.

환한 세상으로 날아가세요.

들릴까.

들렸다면 이승의 소리가 저승까지 닿은 거였다.

아니, 어쩌면 노모는 아직 저승에 이르지 못했을지도 모르지. 이승에서 저승으로 가는 어디쯤을 서성이고 있겠지. 아니면 가고 오는 것의 의미조차 없고 시공의 경계도 없는 상태가 되었거나.

그렇다 하더라도 밝은 곳으로 가시라고 계속 속삭였다. 죽은 사람 같지 않았다. 두렵지도 무섭지도 않았다. 애와 증이 엇갈리고 뒤섞여 내 감정인데도 무슨 감정인지 갈피가 잡히지 않았다.

노모의 얼굴을 살폈다. 미안하다. 노모의 음성이 들리는 것 같았다.

말이 되지 못한 채 마음속을 떠도는 원망, 미움, 설움, 분노의 쓰레기 같은 감정들이 나를 쳐다보았다. 이제 와서. 이제 와서 미안하다는 말이 무슨 의미가 있나.

나와 노모 사이의 팽팽한 줄이 한순간 툭 끊어지는 것 같았다.

나는 관객이 되어 고요히 잠든 노모를 바라보았다.

관객의 평가가 어떻든 배우는 최선을 다한 거였다. 마음에 드는 무대를 선보이지 못했다 하더라도 그것은 관객의 생각이지 배우에게는 최선이었다.

이제 네 몫이야. 나는 퇴장할래.

노모가 속삭이는 것 같았다.

노모와 나 사이에 남아 있는 일그러진 감정들은 온전히 내가 처리해야 했다. 버리거나 태우지 못하면 쓰레기와 함께 살아야 하는 거였다.

노모는 미안하다는 사과로 자신의 쓰레기를 치운 셈이었다. 괜찮다는 말 한마디로 나의 쓰레기가 치워졌을까?

아니다. 내가 먼저 억울하고 분했다고 따졌어야 하는데 노모가 먼저 미안하다고 한 거였다. 선수를 뺏긴 거였다. 괜찮다고 했던 것은 근사하게 포장하고 싶었기 때문이었다. 나는 괜찮지 않았다.

그래서 영원히 괜찮지 않다고 중얼거리며 살 것인가. 내가 버린 쓰레기가 아닌데 내가 왜 치워야 하느냐고 따질 것인가. 아무리 내가 버린 것이 아니더라도 내 마음 안에 있으면 누가 불편한가. 누가 구역질나는 악취를 감당하게 되는가.

무대에는 불이 꺼졌다.

불만스러웠든 마땅치 않았든 더 이상 노모의 무대를 볼 수 없었다. 노모는 이 세상에 존재하지 않았던 것처럼 시간 속에서 풍화될 것이다.

병실에 널브러진 옷가지며 신발, 잡동사니 따위를 맥없이 집어들었다. 퇴원할 때 입으려고 준비해 온 옷가지와 소지품들을 한곳에 모아놓았다. 노모가 남긴 물건들은 모두 쓰레기가 되어 버려질 것이다.

세상의 모든 것들은 태어나고 소멸하며 흔적을 남겼다. 그 흔적은 아름다운 발자국이 되기도 하고 구질구질한 쓰레기가 되기도 했다.

무대를 떠난 자는 자신이 세상에 남긴 것들을 처리할 권한이 없다. 모든 권한은 산 자의 것이었다. 노모가 남긴 쓰레기를 치울 권한 역시 나의 것이었다.

내가 무대를 떠날 때까지 노모가 남긴 쓰레기를 끌어안고 있을 것인지 깨끗이 치울 것인지 그것은 나의 선택이었다.

나의 몫이었다.

11월 햇살 한 조각이 바람에 나부끼는 손수건처럼 노모의 얼굴에서 일렁거렸다.

공부 유감

"독서실 갈 거지?"

못을 박듯 묻는다.

건성으로 고개를 끄덕이는 아들이나 미덥지 않은 눈빛으로 바라보는 나나 이미 다 아는 대사를 주고받는다. 하지만 결론이 보인다고 포기할 수도 없지 않은가.

속는 줄 알면서도 다른 길이 없으니 습관처럼 되풀이한다.

독서실 간다는 아들에게 시간을 줄 요량으로 밀린 일을 보러 집을 나온다. 아무리 질긴(?) 아들이라도 두어 시간 후에 돌아오면 독서실에 갔겠지 스스로에게 최면을 걸어보지만 최면은 그저 최면일 뿐 현실이 아니다.

외출에서 돌아보자마자 현관을 살핀다.

아까 나갈 때 보아 두었던 아들의 운동화가 그 자리에 그대로이다.

장 봐 온 가방을 아무렇게나 내려놓고 결전을 치르는 사람처럼 아들 방으로 간다.

빈틈없이 커튼을 내린 아들의 방은 숨 막히게 흘러가는 시간의 굴레에서 벗어나 다른 프로그램에 머물러 있다. 고요하고 어스름해서 수면하기 딱 좋은 시간에 맞추어진 듯했다.

방 안은 일정한 습도와 온도를 유지하는 보온밥통 같았다. 밥통 속의 따뜻하고 말랑한 밥처럼 아들은 잘 자고 있다. 저도 피곤하겠지 라고 생각하며 내 화를 다독거려 보지만 지금 때가 어느 때인데 하는 뜨거운 감정이 튀어나온다.

이래서는 안 된다고 이성이 타이르지만 감정은 충동적이고 쉽게 이성의 말을 듣지 않는다.

거칠게 커튼을 열어젖힌다.

아들이 갑작스런 햇살에 눈을 찡그린다.

"너 아직까지 자는 거냐?"

이러는 게 소용없다는 것을 알면서도 날이 선다.

매번 되풀이되는 이성과 감정의 겨루기이다.

"게임할 바에는 자라며…?"

아들이 핑계거리 잡을 요량으로 나를 걸고넘어진다.

한순간 감정이라는 인화 물질에 불이 붙는다.

"그래, 내 말 듣느라고 이러고 있는 거야… 내 말 듣느라고…?!"

대체 내 감정인데 내 말을 듣지 않게 만들어진 것은 무슨 조화인가. 바늘, 송곳, 갈고리 따위를 최대한 많이 장착한 종합흉기세트를 아들에게 던진다.

"나두 잘 모르겠어요. 어떻게 해야 할지 모르겠다구요!"

큰 대 자로 누운 아들이 포위망에 걸린 짐승 같다.

무슨 말을 한들 아들의 귀에는 들어오지 않을 거라는 걸 알면서도 포기가 안 된다.

이럴 때 뒤로 물러나는 게 약이지 싶지만 이성적인 생각일 뿐이다.

"그래? 그러니까 공부하는 거야! 잘 모르니까 공부하는 거라구! 다 알면… 결론을 다 알면 왜 공부하겠니?!"

방을 나오며 생각한다. 수험생 엄마의 놀라운 응용력! 모든 것을 공부와 연결시키는 이 능력은 A.I도 놀랄 일이다.

아들의 방을 나오기는 했지만 집안일이 손에 잡히지 않아 팽개쳐 두고 집 밖으로 나온다. 마땅히 갈 데가 없다. 허허벌판에 홀로 선 기분이다. 잠시 망설이다가 동네목욕탕으로 향한다.

속이 시원해지라고 아들에게 지독한 '종합흉기세트' 같은 말들을 쏟아냈는데 쏟아내면 쏟아낼수록 오히려 더 무거워진다. 뜨거운 것에 튀기든 끓이든 해야 할 것 같은 기분이다.

동네목욕탕은 한산하고 아는 얼굴도 없다.

혼자 퍼질러 앉아 시간을 죽이기에 알맞았다. 옷을 벗어 던지고 머리를 산발한 내가 뿌연 거울 속의 나를 바라본다. 꾸미고 치장하지 않은 한 여자가 있다.

한 가족의 누가 아닌 그냥 한 사람이 보였다. 그러자 아들이 아닌 한 아이가 보였다. 몸만 크고 마음은 아직 덜 자란 아이였다. 내 가족이 아니었다면, 이웃의 젊은이였다면 좀 덜 다치게 말했을 텐데.

세상의 답을 다 알고 있는 듯 확신에 차서 했던 나의 말들이 회오리처럼 제자리를 맴돈다.

어떻게 할지 모르니까 공부를 해야 하는 거라고 했고 공부하면 다 알게 된다고 했다. 정말 그럴까. 살아오는 동안 수학과 과학이 인생의 어떤 답을 주었나. 수없이 다가오는 선택과 결정의 순간 수학이나 영어가 나에게 어떤 지혜를 주었나.

무심히 지나가는 바람의 속살거림이나 묵묵히 서 있는 산이나 아득히 먼 우주 공간의 별들을 통해 느꼈던 것들이 얼마나 많은가. 때론 천진무구한 동물의 눈망울이나 고사리 같은 아기의 손짓, 나무 그늘 아래 세상모르고 누운 노숙자의 편안한 얼굴을 보며 아지랑이처럼 아른거리는 막연한 깨우침의 그림자를 보곤 했었다.

쉽게 답이 나오지 않기 때문에 포기할 수 없고 놓을 수 없는 것이 생의 문제들 아닌가. 쉽게 답이 나오는 것이라면 끈질기게 매달릴 이유도 없을 것이다.

차라리 지금도 난 너와 마찬가지로 아무것도 알 수 없다고 솔직히 말했어야 하는 건데 어쩌자고 공부가 삶의 비밀과 세상의 난제들을 해결해 줄 수 있는 것처럼 당당히 말한 것인가.

인생의 문제들이 수학 방정식이나 영어 문법으로 풀어지지 않는다는 것을 알면서도 어쩌자고 공부가 만능열쇠인 것처럼 말한 것인가.

날뛰는 감정 앞에서 조용히 있던 이성이 그제야 조곤조곤 입을 열었다. 이성은 언제나 감정을 앞세워 나타난다. 그래서 후회는 늘 나중에 주인공처럼 나타나곤 했다.

링 바닥에 쭉 뻗은 채 카운트를 기다리는 권투선수의 눈처럼 붉고 축축해 보이는 아들의 눈이 감은 내 눈 안에서 아른거린다.

가족이란, 가족의 굴레란 참으로 잔인하다.

사랑, 웃음, 따뜻하고 포근한 느낌을 받았을 때 먼저 떠오르는 게 '가족'이란 단어 아니던가.

누군가를 찌르고 할퀴고 비난할 때 '가족'이란 말을 쓰진 않는다. 그런데도 가족과 얽혀 살려면 찌르고 할퀴고 비난해야 할 때가 많다.

사랑, 웃음, 따뜻함을 지키기 위해 더 찌르고 할퀴고 비난해야 했다고 한다면 억지스런 변명이겠지만.

'가족'이란 말 안에는 따스하고 끈끈한, 동물들이 넘볼 수 없는 인간적인 집단의 자부심이 숨어 있다. 하지만 가족이기 때문에 더 비난하고 더 찌르고 더 할퀴며 더 상처 주곤 한다. 가족이니까 덜 고맙고 덜 감사하고 더 야속할 때가 많다.

남이 해 준 선의는 고맙지만 가족이 하는 선의는 그리 감동적이지도 않고 오히려 당연하다 여긴다. 가족에 대한 기대치가 훨씬 높기 때문이다. 높은 기대치를 채우기 위해 더 노력해야 하고 더 기를 써야 한다.

여간해서 고마워하지 않는 그들을 끝까지 지켜봐야 하는 의무감은 덤이라고 해두자.

죽음으로 가는 혈육의 고통을 고스란히 지켜보아야 하고 무너져 가는 가족의 좌절도 지켜봐야 한다. 가족이기 때문에 더 밉고 가족이기 때문에 더 아프고 아픈 것을 알면서도 외면할 수가 없다.

아무것도 해 줄 수 없다는 것을 뼈저리게 느끼며 한 방울의 고통까지 쥐어짜내야 한다. 고통을 지켜봐야 하는 잔인하고 가혹한 가족애를 아름답다고 말할 수 있는 것인지 선뜻 말문이 열리지 않는다.

그럼에도 불구하고 가족의 고리를 끊을 수 없는 것은 내 얼굴 내 팔 내 다리 내 살갗을 마음에 안 든다고 잘라버리고 벗겨낼 수는 없기 때문일 것이다.

못난 내 몸을 나마저 푸대접하면 누가 날 보살피겠는가. 아프고 상처 난 내 얼굴, 내 팔, 내 다리를 내가 버릴 수 없지 않은가.

가족 역시 그런 존재 아니겠는가.

틀에 찍어낸 듯 돌아가는 일상이 시큰둥해질 때가 있다.

번개가 치듯 정신없는 일들이 휘몰아칠 때는 지루해도 좋으니 이 소란이 얼른 지나가기 바라지만 다시 일상으로 돌아오면 긴장 감 없는 나날일 뿐이었다.

이런저런 일로 심란해진 마음을 달랠 겸 모처럼 틈을 내서 그녀 의 집에 가기로 했다.

그녀의 집은 서울에서 한 시간 남짓 떨어진 도시였다. 그리 먼 것도 아닌데 요즘 사람들의 삶이란 것이 등 떠밀리듯 급하다보니 한가한 마음을 낼 수 없었다.

서울과 붙어 있는 지역이라 같은 생활권이라고 할 수도 있지만 살던 곳을 벗어나는 것만으로도 아이처럼 설렜다.

여행 가는 기분을 내려고 이것저것 군것질거리를 사고 몇 년 전 장만한 카메라도 챙겨 넣었다. 속 모르는 사람이 보면 사진작가 티가 나는 제법 값이 나가는 카메라이지만 서랍 구석에 처박혀 잠자고 있던 물건을 색다른 기분을 내보려 꺼내 든 거였다.

카메라를 사기만 하면 곧 사진작가가 될 것 같았는데 막상 사고 나니 들뜬 기분은 얼마 동안이었고 이내 시들해졌다. 짜릿한 즐거움이란 순간처럼 짧은 것인 모양이었다. 카메라가 일상 안으로 들어와 버리니 밋밋한 일상에 놓인 익숙한 물건일 뿐 처음처럼 흥분되지 않았다. 하지만 이런 날 따분한 일상의 전환용으로 제격이었다.

그녀가 사는 도시로 가는 광역버스 안은 한가했고 시야가 탁 트인 맨 앞자리도 비어 있었다. 맨 앞자리는 앞에서 펼쳐지는 풍경을 만끽할 수 있는 곳이었다. 앞 좌석이 비어 있는 것이 횡재라면 횡재인지라 얼른 자리에 앉았다.

차창으로 스쳐가는 아파트 단지들은 블럭을 쌓아올린 듯 반듯하고 비슷비슷한 모양이었다. 깔끔하고 군더더기 없이 잘린 두부모 같았지만 이내 지루하게 느껴지는 풍경이었다.

마치 컨베이어벨트에서 찍어 나오는 제품처럼 보였다. 그 속에 사는 사람들의 일상 역시 그런 모습일 것 같았다. 하기야 일상이라는 게 수시로 변하고 변형이 된다면 그 역시 불안할 것이고 어제와 내일을 뒤섞어 놓아도 그리 다르지 않다면 그 또한 사는 의미가 모호해질 것 같았다.

　너무 오랜만이라 집을 잘 찾을 수 있을지 걱정스러웠는데 그녀가 일러준 대로 가니 어렴풋하게 기억이 되살아났다. 옛날에 그어놓은 낙서가 그대로 남아 있는 것처럼 반가웠다. 집을 찾기 어려우면 전화를 하라고 했지만 대단한 귀빈도 아니면서 번거롭게 하고 싶지 않았다.

　반갑게 맞아주는 그녀를 제치고 거실로 들어서자마자 카메라를 꺼내 '양순이'를 향해 들이댔다. '양순이'는 그녀가 십수 년째 기르고 있는 고양이였다.

　'양순이'는 카메라가 이상한지 뒷걸음질 쳤고 그녀는 내 의도를 알았는지 '양순이'를 어르고 달랬다. 하지만 '양순이'는 거만하게 어슬렁거리며 틈을 주지 않았다.

　카메라를 챙겨가지고 나왔으니 고양이라도 찍어야 힘들게 가져온 보람이 있을 것 같아 '양순이'를 모델로 삼은 거였다.

　"뭐여? 믹스?"

　양순이의 폼이 하도 거만해서 잡종 고양이냐고 그녀에게 물었다.

　"잡종 아녀."

　그녀가 자신 있게 대답했다.

　"그럼 뭔데? 페르시안 정도 되는가?"

　설마 그럴 리 있느냐는 투로 물었다.

　"토종."

　그녀가 빙긋 웃으며 답했다.

"토종?"

나도 모르게 말꼬리가 올라갔다.

토종이나 잡종이나 그리 다르지 않을 것 같은데 그녀는 굳이 토종이라고 했다.

그녀와 나는 마주 보며 실없이 웃었다. 아무 뜻도 저의도 없이 지나가는 웃음이 빽빽하게 들어찬 일상의 틈을 비집고 들어와 조금 다른 색을 칠했다.

"대대로 내려온 종자란 말여. 시골 오일장에서 사 온 건데. 쟤는 지가 똥고양이인 거 모르는 모양이야."

토종 고양이이지만 스스로는 표범인 줄 알고 거만하게 구는 것 같다고 했다. 말을 듣고 보니 썩은 음식찌꺼기를 찾아 어슬렁거리는 도시의 길고양이와는 다른 토종의 '칼있음아'가 있었다.

시시하고 소소한 수다와 군것질을 하다가 그녀가 밭에 가겠냐고 물었다.

이런 아파트 단지에 웬 밭인가 의아한 눈빛으로 쳐다보니 차를 타고 한 30분 가면 남편이 경작하는 주말 텃밭이 있다고 했다. 퇴직하면 시골로 내려가자며 남편은 본격적으로 시골 생활을 하기 전에 텃밭으로 예행연습을 한다는 거였다.

나나 그녀나 시골생활이라고는 시옷도 모르는 처지였다. 그런데도 싹이 나고 자라는 것을 보니 신기하고 뿌듯한 마음이 들었다. 텃밭에 나풀거리는 농작물에 관심을 보이는 나를 유심히 바라보던 그녀가 불쑥 혼잣말처럼 중얼거렸다.

"재미로 밭을 가꾸는 거와 아예 촌으로 가서 사는 건 다르단 말야. 자연인은 아무나 하는 게 아냐. 대개 사연 있는 사람들이 자연인이 되더라. 그래서 자연인이 아니라 사연인이라고도 하잖아."

그녀가 누군가를 타이르듯 말했다.

이상한 눈초리로 쳐다보는 나의 눈길을 의식했는지 피식 웃었다.

"바다도 볼 수 있고 산도 있는 섬으로 가서 살자고 하잖아. 자연인 코스프레를 하고 싶은 모양이야."

그녀의 남편 얘기였다.

"그냥 한 번씩 볼 때는 좋지만 그게 일상이 되면 좋기만 한 게 아닌데 막무가내로 우기며 간다는 거야…."

무슨 일이든 어쩌다 한 번씩 하는 것은 쉽지만 매번 똑같은 일을 반복하는 것은 간단한 일이 아니란 말이었다.

"그래? 그건 좀 그러네. 귀촌이 아니고 '귀양 모드'네."

아무리 좋은 것도 일상이란 통 속으로 들어가면 모두 비슷한 모양이 되었다.

그녀는 말없이 텃밭의 잡초를 뽑았다.

나는 푸르른 들판을 바라보았다. 크고 작은 나무들과 무성하게 자란 잡초와 꽃들이 넓은 들판을 채웠다.

언뜻 보면 풀이든 나무이든 그저 그런 초록 들판일 뿐이었다. 하지만 카메라 렌즈를 통해 들여다보니 풀 한 포기 꽃 한 송이 제각각 다른 모양이었다. 비슷하게 굴러가는 일상도 그럴 것이다. 조금 가까이 들여다보면 매일 같은 날은 아니었다. 다른 햇살 다른 냄새

다른 맛이었다.

습관처럼 익숙해진 것은 나 자신이었다.

시시껄렁하고 보잘것없는 일상이라 깔보았던 것은 아니었을까. 하찮은 풀과 나무들이 넓은 들판을 이루듯이 볼품없는 벽돌을 한 장씩 쌓아 근사한 집이 되듯이 소소한 일상이 모여 삶이 된다는 것을 잊었던 것은 아니었을까.

저무는 들녘을 뒤로하고 나오다가 그녀가 깜빡 잊고 있던 것을 찾아낸 듯 내 팔을 잡았다. 돌아서서 그녀를 바라보았다.

그녀는 입이 열리지 않는 듯 머뭇거렸다. 잠시 숨을 고르더니 저세상으로 간 동창 소식을 전해주었다. 그녀가 전하는 그 동창은 내 짝이었고 흰 얼굴에 눈썹이 짙고 성품이 온순한 소녀였다.

"무슨 일 때문에?"

놀란 눈으로 그녀를 바라보았다.

"모르지… 별다른 일은 없었대… 거실에서 마늘을 까다가 갑자기 뛰어내렸…"

그녀의 말이 툭 끊어졌다.

끔찍한 상상이 목에 걸려서 말문이 막혔다.

왜 그랬어. 왜 그런 거야. 속으로 되뇌었다.

파 다듬고 마늘 까고 나물을 무치는 일상이 너무 시시했나? 사소한 일상들이 구질구질해 보였나?

작은 벽돌 한 장이 모여 거대한 건물이 되고, 거대한 건물도 보잘것없는 벽돌 한 장으로 무너지는 것 아니겠는가.

하나하나 보면 그저 그런 나날들이지만 구슬 꿰듯 꿰어 가면 아름다운 보석이 되기도 하고 귀한 장신구가 되기도 한다는 것을… 낡아가는 나에게, 허공으로 사라진 눈썹 짙은 소녀에게 들려주었다.

녀석이 짐을 꾸렸다.

아무리 청년 실업이 심각한 상태이고 대학 공부가 적성이나 취향보다 취업을 먼저 생각하는 시대에 살고 있지만 싫은 공부를 취업 때문에 하라고 할 수는 없어 등록을 포기했다.

돈 때문에 일하는 것이 아니라 일이 좋아서 하다보면 돈도 생기도 명예도 얻는 것이라는 분명한 논리에 이르게 되지만 세상의 일은 논리대로 움직이는 게 아니었다.

규칙과 원칙이 있지만 변형과 변칙이 더 활개를 치기 마련이었다. 때문에 당연한 것을 당연하게 살아내는 것처럼 어려운 것은 없었다.

녀석이 다시 재수를 하느니 군대 먼저 가겠다고 했을 때 공부 하던 끝에 해야 그나마 머릿속에 남아 있던 것을 써먹을 수 있는 거 아니냐고 했지만 녀석은 군대 가서 생각 좀 하고 오겠다고 했다.

인생에 순서라는 걸 누가 정해 놓은 것인가.

처음부터 그런 순서라는 게 불변의 법칙은 아니었는데 언제부터인가 그런 틀에 맞추어 살고 있다. 그 틀에서 벗어나면 크게 잘못되는 것 같고 뒤처지는 것 같아 조바심이 났다. 남들이 하는 만큼은 해야 낙오되지 않는다며 내 잣대가 아니라 남의 잣대를 들이대곤 했다.

군대 갔다 와서 다시 공부하겠다는 녀석을 바라보았다. 녀석도 대학 공부가 자신에게 얼마나 중요한 문제인지 잘 알고 있고 그렇기 때문에 아무렇게나 밀리듯 가고 싶지 않다는 뜻이리라.

뜻이야 좋지만 삶이 뜻대로 되지 않는다는 것을 알고 있을까.

"그래, 너 하고 싶은 대로 해. 네 인생이니까… 책임도 네가 지는 거야."

편하게 말했지만 대학이 아닌 군대에 먼저 가겠다고 하는 것을 지켜보는 마음은 더없이 불편하고 불안했다. 그러면서도 책임이란 말에 힘주는 것을 잊지 않았다. 표현은 책임이라고 했지만 그 밑바닥에는 나중에 닥칠 어려움은 네가 겪어야 한다는 벌칙의 의미였다.

책임이란 것이 과연 누가 누구에게 지워주는 것이었던가.

지워준 사람도 없고 받은 적도 없는데 슬그머니 등에 올라앉는 게 책임 아닌가. 그 책임이라는 게 처음에는 객식구처럼 주인의 눈치를 보지만 차츰 주인처럼 삶을 움직이고 나중에는 그놈의 책임 때문에 살아가고 책임 때문에 죽지도 못하고 미치지도 못하고 사는 거 아닌가.

책임지라고 져지고 말라고 말아지는 게 아니란 걸 알면서도 녀석에게 못을 박듯 말했다. 그렇게 말하지 않아도 그 녀석이 져야 할 것들이 이미 준비되어 있을 텐데 다시 군더더기를 붙였다.

군대 가기 전까지 여행이라도 가는 게 어떠냐고 권한 것은 나였다. 녀석은 제 속내를 미리 알아주어 고마운 듯 여행 갈 생각을 하고 있었다고 했다.

수험생이었을 동안 한 번도 녀석과 같은 마음이 되지 못했었는데 오랜만에 의견의 일치가 되었다. 수험생일 동안 의견의 일치가 되어 열심히 공부했으면 좋으련만 하는 마음이 들었지만 더 이상 내색하지 않았다.

다른 애들은 신입생이 되어 바쁜 나날을 보낼 텐데 빌빌거릴 녀석을 생각하니 한심한 생각이 들었다. 하지만 녀석의 말대로 아무 학교나 가려면 어느 때고 갈 수 있으니 염려하지 말라고 했다. 학교가 기득권인 시대도 아니니 그 말은 그렇다 싶었다.

"대학등록금을 여행 경비로 주는 부모도 드물 것이다."

그냥 넘어가도 되는 일에 군소리를 하는 것은 나이 먹은 티를 내는 것이리라. 쓸데없는 생색인 걸 알면서도 그냥 넘기지 못했다.

명색이 부모인데 학비를 여행비로 주는 게 잘 하는 짓인지 모르겠다는 생각이 들었다. 하지만 어차피 남들이 정한 순서와 다르게 가는 것이니 망설이지 말라고 흔들리는 나 자신을 타일렀다.

녀석은 함께 갈 친구를 물색하는 듯 부산을 떨었다.

"뉴욕에 가볼라구요."

녀석은 흥분한 듯했다.

뉴욕에 다녀온 친구에게 소소한 정보를 얻은 모양이었다.

유적지도 많고 경비도 싸게 드는 곳으로 가길 바랐지만 어차피 녀석이 결정하고 가는 여행이니 입을 다물었다.

큰 나라에 가보겠다는 게 녀석과 함께 가는 친구들의 생각인 모양이었다. 큰물을 보는 것도 나쁘지 않을 것 같았다. 그렇게 며칠 수선을 떨더니 아무래도 안 되겠다고 했다. 엄청나게 폭설이 와서 제 날짜에 비행기가 뜰 수 없을 것 같아 아무래도 여행지를 변경해야 할 것 같다고 했다.

그래서 다시 정한 곳이 일본 도쿄였다. 여긴 너무 가까운 것 아닌가 싶었지만 선택은 녀석이 하는 것이고 나는 애매한 표정을 지을 뿐이었다.

조그만 여행 가방 하나 꾸리는데 집안을 홀딱 뒤집어 놓았다. 패션쇼를 하러 가는 것도 아닌데 옷이며 책으로 여행가방이 폭발할 지경이었다. 옷을 싸는 것은 그렇다 치지만 책이라니 어이가 없었다. 대학 대신 군대에 가겠다는 녀석이 책을 싸는 심사는 무엇인지 알 수 없는 노릇이었다.

"책은 무슨 책이냐. 책 볼 시간 없어. 짐 늘이지 말고 줄여라

줄여."

기어코 한마디 했다.

그래도 녀석은 책 몇 권을 챙겼다.

등록금으로 마련했던 돈을 녀석의 손에 쥐여주었다. 녀석도 사정을 아는지라 여행 다녀오면 아르바이트를 해서 갚겠다고 했다. 그 말이 믿기지 않았지만 약속 꼭 지키라고 오금을 박았다.

"당연히 그래야지."

말은 그렇게 했지만 녀석에게 보약 한 재 먹이는 셈 쳤다.

생각 좀 해보겠다는 녀석의 말대로 깊고 넓게 자신의 인생에 대해 숙고할 수 있다면 여행 경비로 변신(?)한 등록금이 아깝지 않을 것 같았다.

집안을 쑥대밭으로 만들어 놓고 드디어 오후 비행기로 일본 도쿄로 출발했다.

몇 시간 뒤 동경에 예약해 놓은 민박집에서 전화가 왔다. 준비는 거창했지만 막상 떠나고 보니 이웃집에 잠시 다니러 간 듯 싱거운 느낌이 들었다.

녀석은 잘 도착했다고 걱정하지 말라고 했다.

딱히 걱정이 되지는 않았지만 왠지 내가 여행을 떠나기라도 한 듯 싱숭생숭했다.

오늘 밤 녀석의 기분은 어떨까.

저도 이 여행이 가볍지는 않았을 것이다. 즐겁게 웃고 떠들 기분도 아니었을 테고.

살아보니 먼저 간다고 먼저 도착하는 것도 아니고 인생의 의미 또한 도착에 있는 것도 아니었다.

삶의 진정한 의미는 목적지를 향해 가는 동안 그 여정을 즐길 줄 알아야 하는 게 아닌가 싶었다. 가는 길이 자신에게 얼마나 행복하고 의미 있는 일인지 아는 것이 더 중요한 것 아니겠는가.

이제 녀석의 여정은 시작되었다.

짙푸른 바다에 작은 배를 띄우고 아득히 먼 수평선을 바라보고 있다.

목적지가 어디가 될지 누구도 알 수 없다.

어떤 도시 어떤 부둣가가 될지 모른 채 항해가 시작된 것이다. 분명한 것은 바다는 한시도 쉬지 않고 움직인다는 것이다. 때론 거친 폭풍으로 때론 고요하고 아름다운 잔물결로 녀석에게 다가올 것이다. 그 모든 변화를 온전히 혼자 겪어내야 하는 것이다.

::

수업은 10시부터라고 했지만 미리 가야겠다고 생각하며 아침 일을 서둘렀다.

아직 자고 있는 아들 녀석을 두드려 깨우며 점심 때 돌아오겠다고 하니 어디 가느냐고 묻는 표정이었다.

'한글반.'

아직 자고 있는 아들이 못마땅해서 짧고 쌀쌀맞게 말했다.

아들은 반쯤 감고 반쯤 뜬 실눈으로 여전히 모르겠다는 얼굴로 바라보았다.

지자체 복지관에서 문해교실을 개강했는데 거기 봉사하러 간다고 하니 아들은 더욱 의아하게 쳐다보았다.

"요즘도 한글 모르는 사람이 있어요?"

내 말을 이해하지 못하겠다는 투였다.

아들에게는 타임머신 속의 다른 시대 소식으로 들릴 터였다.

"그럼! 있고말고… 지금 느이들이 얼마나 좋은 환경에서 공부하는 줄 아니? 공부를 하고 싶어도 할 수 없었던 사람들이 얼마나 많은데… 느이 같은 애들이야 상상도 할 수 없는 얘기지만… 니가 머릿속으로 상상하는 세상의 일이란 게 아주 작은 일부분이란 거야."

빈둥거리는 아들을 어떤 식으로든 자극해서 빠릿빠릿하게 만들어 보겠다는 심산으로 요즘 사람들이 듣기 싫어하는 옛날이야기를 들춰내고 말았다. 며칠 전 복지관에 봉사 가게 되었다고 했던 말이 그제야 생각났는지 선잠 깬 녀석이 시큰둥하게 돌아누웠다.

강의에 필요해서 준비해 놓은 프린트와 교재가 담긴 가방을 챙겨 서둘러 복지관에 도착하니 좀 이른 시각이었다. 첫 강의이니까 미리 오는 게 낫겠다고 생각했는데 너무 일찍 온 것 같았다.

복지관 사무실에 들러 학생 명단을 받고 커피 한 잔을 뽑았다. 강의실로 들어가 차 한 잔 마시며 책이나 뒤적일 심산이었다.

빈 강의실이라 생각하고 강의실 문을 열었다. 그런데 비어 있는 줄 알았던 강의실에 몇몇 학생들이 이미 자리를 잡고 있었다.

너무 일찍 왔다고 생각했던 마음이 괜한 걱정이었다.

"제가 제일 먼저 온 줄 알았어요…"

먼저 와 있는 늙은 학생들을 향해 계면쩍게 웃으며 말을 걸었다.

"우리는 30분 전에 온 걸요."

보름달처럼 둥근 얼굴의 노인이 대답했고 옆자리의 노인도 고개를 끄덕였다. 강의실 안을 둘러보니 모두 여자 노인들이었다. 남학생은 없느냐고 하니 고개를 가로저었다.

너나없이 형편이 어려웠던 시절이었지만 그래도 여자보다 남자가 교육의 혜택을 많이 받은 모양이었다. 한글 몇 자를 배우려고 서둘러 나온 주름진 얼굴들을 보니 마음이 찡하고 고개가 숙여졌다.

복지관 측에서 준 명단의 이름과 얼굴을 익히며 나이를 살피는데 놀랍게도 팔십 대의 노인이 보였다.

그 노인은 안경을 썼는데 한눈에 보아도 눈이 불편해 보였다. 눈뿐 아니라 얼굴 반쪽이 일그러졌고 한 눈도 반은 감겨 있었다. 저런 정도의 건강 상태라면 집에서 쉬는 게 나을 것 같았다. 그런 몸으로 복지관까지 걸어오다니.

"내가 구안와사가 와서 눈도 잘 안 보이고 자꾸 눈물이 나요."

노인은 자신의 건강 상태보다 필기를 잘 못하더라도 이해해 달라는 당부를 했다.

그 정도의 나이라면 공부 보다 자신의 건강을 우선 생각할 텐데 오직 공부에 지장이 되지 않을까 염려하는 빛이었다.

한글 몇 자 배우는 것 보다 노인의 건강이 더 걱정되었지만 노인의 생각은 다른 모양이었다. 괜찮으니 걱정하지 마시라고 안심시키고 칠판 쪽으로 몸을 돌리는데 강의실 한구석에서 나직한 말소리가 들렸다.

모자를 깊게 눌러 쓴 창백한 낯빛의 육십 대로 보이는 여인이었다.

다른 노인들보다는 훨씬 젊은 축이었는데 한글을 모르다니!

불쑥 아침에 아들에게 했던 말이 떠올랐다. 니가 머릿속으로 상상하는 세상의 일들이 아주 작은 일부분이라며 마치 내가 세상의 구석구석을 다 알고 있기라도 한 듯 아들을 훈계했던 말이 나를 향해 되돌아왔다. 내가 생각했던 것보다 훨씬 더 어렵고 힘들게 산 사람들이 수없이 많다는 게 실감났다.

"나는 허리 수술을 했어요. 그래서 허리에 보조기를 차고 왔어요."

팔십 대 노인을 걱정스러워하는 나의 태도에 육십 대 여인이 자신 역시 성한 몸이 아니라는 것을 알리고 싶은 모양이었다.

옷을 걷어 올리며 허리에 찬 보조기를 보여주었다.

"오래 앉아 있기가 어려워요. 남편이 너무 힘들면 그냥 오라고 했어요."

그러니 수업이 끝나기 전에 가더라도 이해해 달라는 말이었다.

"그럼요, 그러세요… 힘드시면 그냥 가세요."

여인이 불편해하지 않게 나는 선선히 말했다.

보통의 사람이라면 그냥 집에서 쉬었을 텐데 저 몸을 끌고 온 게 가상했다.

한 시간이 끝나고 여인의 남편에게서 전화가 왔다. 아무래도 마음이 놓이지 않으니 데리러 오겠다고 했다.

남편의 연락을 받고 여인은 난처하고 안타까운 표정이었다. 이왕 왔으니 한 글자라도 더 배우고 가겠다며 선뜻 일어나지 못했다.

나는 집에서 공부하면 되고 다음 시간에 다시 알려주겠으니 몸조리나 잘하라며 다독거렸다. 여인은 그제야 조금 마음이 놓이는지 주춤거리며 강의실을 나갔다.

여인이 나가고 쉬는 시간이 되었다.

어린 학생들이나 나이 먹은 학생들이나 쉬는 시간에 떠들고 잡담하는 것은 마찬가지인 모양이었다. 나이 든 학생들이다보니 대부분의 화제가 자신들이 살아온 이야기들이었다. 글을 못 배울 정도이면 넉넉한 시절을 보내지 못했을 테고 눈물 나는 고난은 구색이고 덤이었다.

먼저 이야기보따리를 푼 것은 맨 앞자리에 앉은 노인이었다. 이야기를 꺼내기 전에 한숨부터 쉬었다. 시작하기도 전에 굴곡진 인생사가 눈에 보이는 듯했다.

전쟁이 나서 공부를 못하게 되었다고 했다. 휴전이 되었지만 전쟁으로 폐허가 된 시절이라 굶지 않으면 다행이라 여겼고 여자아이의 교육에 신경을 쓰는 사람은 없었다고 했다. 남자였다면 상황이 달랐겠지만 여자는 남자의 부속물이나 군더더기 같은 처지였다.

비슷한 또래 비슷한 시절을 살아온 다른 노인이 한마음이 되어 고개를 끄덕거렸다.

조용히 얘기를 듣고 난 팔십 대의 노인이 생각에 잠긴 듯 말을

이었다.

"아직 젊었으니까 지금 공부해도 안 늦어요. 칠십 전이면 다 젊은 거여."

팔십 대 노인의 격려에 육십 대의 초로들이 어린아이처럼 환하게 웃었다.

그러고 보면 나이야말로 상대적인 기준 아닌가.

이십 대에서 바라본 육십 대와 팔십 대에서 바라본 육십은 다를 것이다. 기준을 어느 나이 대에 두느냐에 따라 확연히 차이가 나는 게 세상사이고 나이 아니던가. 팔십 대가 보는 육십 대란 까마득히 어린 나이일 것 같았다.

가볍게 생각한 봉사였는데 엄숙한 마음이 들었다.

무엇을 하고 싶은 열정에 나이 제한이란 것이 있겠는가.

마음의 밭에서 자라나는 열정이란 나무는 물리적인 나이처럼 늙는 것이 아닌 것 같다. 굵은 주름이 잡힌 그녀들의 얼굴을 바라보았다. 하나라도 더 배우려 하는 그 눈을 누가 늙었다고 할까.

"그럼요, 늦지 않았어요."

내 목소리에 진심이 담겨 있었다.

그녀들이 여기에 오기까지 얼마나 많은 용기가 필요했겠는가. 아픔과 상처에 굴하지 않은 그녀들이야말로 진정 용기 있는 사람들이었다.

"우리가 한 세상, 한 하늘 아래 살고 있는 거 같지만 같은 세상에 사는 게 아닌 것 같아요… 각자 다른 세상 안에 살고 있는 거지요. 여러분처럼 무엇인가를 배우려고 마음먹은 사람들은 다른 세상을 보게 되는 거고 자신의 세상을 나오지 못한 사람들은 다른 세상을 보지 못하게 되는 거지요. 다른 세상을 보기 위해서는 남과 다른 용기가 필요해요. 여기까지 오신 여러분들은 진정 용기 있는 분들이예요!"

그들 앞에 서서 말을 하고 있지만 실상 그들이 나의 스승인 셈이었다.

여자라는 이유만으로 또는 가난했기 때문에 교육의 혜택에서 소외되어 피해자로 살아온 사람들이었다.

어두운 세상의 문을 과감하게 열고 나온 그들은 진정 다른 세상을 볼 수 있을 것이다.

나이는 늙었을지언정 열정은 늙지 않는다고 마음으로 되뇌었다.

요즘 옛날

벼르고 벼르다가 김장을 했다.

혼자 사시는 친정엄마께 드릴 김치 두 통까지 담아 놓으니 보는 것만으로도 부자가 된 듯 마음이 넉넉했다.

바람 들어오는 창문에 단열재를 붙이고 군대 가고 없는 아들의 빈 방에 겨울 커튼을 달며 둘러보니 얼마 전 백일 휴가 다녀간 흔적이 구석구석 남아 있었다. 마치 오늘 아침 방을 나간 듯 느껴졌다.

완연한 겨울이었다. 아무리 가을이라고 자기 최면을 걸어도 최면이 걸리지 않았다. 첫눈도 보았고 마당 고무 함지에 살짝 언 얼음도 보았으니 또 한 해를 보내야 하는구나 싶었다.

갑자기 시간을 후진시킬 수 있다면 나는 어느 곳으로 갈까 하는 상상을 하며 서향으로 난 창문을 바라보았다. 오후의 햇살이 말갛게 스며들었고 하루가 바삐 어디론가 도망치고 있었다. 나는 따라갈 준비가 되어있지 않은데 시간은 모른 척 외면하며 달렸다.

한때는 엄마 품을 떠나기 전의 어느 즈음으로 갔으면 좋겠다고 생각했던 적이 있었다. 그때는 어린 마음에 생의 쓴맛을 아는 척 엄살을 부리기도 하고 세상의 모든 고민을 끌어안은 듯 심각했었는데 돌아보니 웃음이 났다.

이내 시간의 후진 기어는 그곳을 지나쳐 빠르게 뒷걸음질 치다가 어느 언덕길에서 멈췄다.

그 언덕길에는 지금 보면 집 같지도 않은 집들이 다닥다닥 붙어 있었고 공동수도가 있었다. 사람들이 그곳에 줄을 서서 물을 받았고 물지게를 지고 언덕을 오르내리곤 했다. 언덕 중간쯤에 만화 가게가 있었고 나는 거의 매일 그곳에 들러 새로 나온 만화책들을 황홀하게 바라보았다.

만화책은 새로운 이야기와 신기한 사건이 벌어지는 이상한 나라의 앨리스 같았다. 매일 보는데도 매일 새롭고 재미났다.

엄희자의 순정 만화도 좋았고 추동성(나중에 고우영 화백)의 감칠맛 나는 이야기며 박기당, 유세종 만화가의 작품도 즐겨 보았다. 요괴인간과 황금박쥐 그리고 제목은 잊었지만 퍼즐 조각처럼 떠오르는 만화의 장면과 이야기들은 보물 주머니처럼 기억에 숨어 있었다. 그 당시에는 크게 대접받지 못했던 만화책이었지만 나에게는 어떤 명작보다 감동적이었다.

신간 만화가 들어오는 날이면 책가방을 멘 채로 만화가게로 직행하곤 했다. 만화 볼 돈은 없지만 무슨 만화가 들어왔는지 표지만이라도 볼 요량이었다. 아버지를 졸라 몇 푼 얻어내면 뒤도 돌아보지 않고 만화가게로 달려갔다.

　토요일이면 만화가게에 딸린 방으로 들어가 텔레비전을 보는 호사(?)도 누렸다. 나는 그 만화가게의 VIP 고객이어서 토요일마다 만화가게에 딸린 방으로 들어가 흑백텔레비전을 볼 수 있는 영광(?)을 맛보았다. 우리집에 텔레비전을 들이기 전까지 그랬다.

　윤기가 반들거리는 나무로 된 문을 열면 검은 유리알 같은 텔레비전화면이 보였고 주인아줌마는 깨끗한 헝겊으로 그것을 조심스럽게 닦은 후에 모여 앉은 아이들을 천천히 둘러 본 다음 아주 조심스럽게 스위치를 돌렸다.

　아이들은 아줌마의 세세한 동작까지 눈으로 따라가며 성스러운 의식을 구경하듯 숨을 죽였다. 화면 속에는 지구의 어디 붙었는지 알 수 없지만 밀림 속에 사는 타잔과 제니가 나왔고 레슬링 경기가 가슴 졸이게 했다.

　남자아이들은 레슬링에 심취했지만 여자아이들은 약간 시큰둥했다. 하지만 쉽사리 자리를 뜨지 않았다. 그 조그만 유리 상자 안에서 사람이 움직이고 있다는 게 신기해서 눈을 돌릴 수가 없었다.

　언덕 중간쯤에 있는 만화가게에 가지 않는 날은 공동수도를 지나 언덕 아래 그 아이 집에 놀러 갔다. 그 아이는 나와 같은 학교에 다녔다.

그 집에는 누런 개가 살고 있었는데 무척 사나워서 낯선 사람의 기척이 나면 잡아먹을 듯 짖었다. 나는 그 아이의 호위(?)를 받아야만 집 안으로 들어갈 수 있었는데 어느 날 짖는 소리가 들리지 않았다. 이상스럽다고 여기며 마루로 올라가니 누렁이가 군용담요를 깐 채 엎드려 있었다. 개 옆에는 석유 난로가 피워져 있었고 누렁이는 나를 보고도 그냥 지켜볼 뿐이었다.

나는 처음으로 누렁이의 눈동자를 바로 보았다. 그악스럽게 짖던 때와 다르게 누렁이의 눈망울은 검고 영롱했으며 누구를 해칠 기미라고는 눈곱만큼도 없는 그런 눈빛이었다.

누렁이의 눈을 단 한 번이라도 똑바로 보았다면 그토록 무서워하지 않았을 뿐 아니라 머리라도 쓰다듬어 주었을 텐데 하는 후회가 몰려왔다.

누렁이는 언덕 위에 사는 대령집 지프차에 치었다고 했다. 가끔씩 물지게를 지고 가는 사람들 곁을 스쳐가던 카키색 지프차가 떠올랐다. 그 언덕배기를 지나치던 유일한 자가용이었다.

누렁이는 가쁘게 숨을 몰아쉬었지만 며칠 쉬고 나면 전처럼 거칠게 짖을 거라 믿었다. 하지만 누렁이를 본 것은 그날이 마지막이었다. 며칠 후 더 살 가망이 없어서 개장사에게 주었다며 그 아이가 눈물을 찍었다.

아이의 눈물을 보자 누렁이의 마지막 눈망울이 떠올랐다. 눈물이 맺힌 듯 촉촉해 보였던 누렁이의 눈… 그제야 한 번도 누렁이를 다정하게 대하지 못했다는 생각이 들었다.

하지만 나는 이내 누렁이를 잊었다. 여전히 만화가게에 드나들었고 토요일의 타잔을 기다렸고 그러는 동안 우리집에 텔레비전이 들어왔고 더 이상 만화가게 신세를 지지 않아도 되었다.

텔레비전 안에서는 매일 연속극을 했고 그 속의 사람들은 다른 세상을 살고 있는 듯했다. 어김없이 만화가게에 드나들었지만 그즈음 나는 그 전 같지 않았다.

텔레비전 방송이 시작되는 시간이면 보던 만화책을 덮었다. 만화보다 더 신기한 세상이 있다는 것을 알게 된 것이다.

마음에 드는 프로그램를 골라 볼 수 있는 것도 그렇지만 구미에 맞지 않으면 미련 없이 채널을 돌릴 수 있다는 게 마음에 들었다. 상자 안의 사람들은 나의 선택에 어떤 불평도 하지 않았고 내 마음대로 언제든지 채널을 돌리거나 스위치를 끌 수 있었다. 참으로 편리했다.

그곳을 떠나 다른 동네로 이사할 때까지 그 언덕배기는 보물 창고처럼 많은 이야기와 기억들을 간직하고 있었다.

눈이 내리면 빙판이 되는 언덕길을 물지게 진 동네사람들이 위태롭게 오르내리는 곁에서 천지분간 못하는 강아지 모양 미끄럼을 타던 일이며 낡아 빠진 옷가지를 기괴하게 뒤집어쓴 채 양지바른 골목길에 쪼그려 앉아 책을 읽던 은순 언니… 엄마의 말로는 책을 너무 많이 봐서 미친 거라고 했다.

책을 많이 보면 미치는 건가 혼자 생각하다가 언덕 아래 그 아이네 집에 있는 다락방이 떠올랐다. 그 아이의 오빠가 공부하는 곳인데 오빠가 다락을 비우는 날이면 도둑고양이처럼 다락으로 숨어들었다.

다락방은 겉에서 보기에는 비좁아 보였지만 안방에 딸린 문을 열고 계단 몇 개 올라서면 길이 잘 든 마룻바닥이 나왔고 벽에 가지런히 정리된 책들이 사방을 병풍처럼 둘러싸고 있었다.

거기에는 그때껏 보았던 만화책이나 동화책이 아닌 요상하고 이상한 제목의 책과 알아볼 수 없는 글씨로 된 책들이 있었다. 베게트며 사르트르, 헤밍웨이며 도스토예프스키… 은순 언니가 읽던 책들과 비슷한 것들이었다. 엄마는 책 많이 읽으면 미친다고 했는데 그렇다면 그 아이 오빠도 미치게 되는 것 아닐까 걱정스러웠다.

그 골목을 떠나온 후로도 나는 가끔씩 그 아이를 만났고 서로 다른 학교로 진학하게 되면서 서서히 소식이 끊어졌다.

그 동네의 풍경들이 세상의 전부인 줄 알았던 때 나는 모든 일들이 만화책이나 텔레비전 방송처럼 마냥 재미나고 신기했었다. 재미없는 만화책은 보다가 덮으면 그만이고 구미에 맞지 않은 텔레비전 방송은 채널을 돌리면 그뿐이었다.

그때는 모든 것들이 가볍고 쉽게 보였다.

시간의 전진 기어를 돌려 실제의 세상을 보게 되었을 때 세상은 만화책이나 연속극과 달리 재미없는 이야기도 끝까지 읽어야 하고 구미에 맞지 않아도 마음대로 채널을 돌릴 수도 없었다.

모든 것들이 무겁고 복잡해 보였다.

서쪽 창으로 들어온 햇살이 발밑으로 길게 누웠다.

만화책처럼 재미있고 텔레비전처럼 신기했던 그 산동네를 돌아보았다. 그때 세상의 모든 것들이 흥미롭고 재미있었던 이유를 이제야 알 것 같았다.

지금 그 동네 그 골목으로 돌아간다고 해도 나는 그때처럼 재미나고 신기하지 않을 거였다.

호기심으로 가득 찼던 어린아이는 어디에도 없으니까.

가
장
나
중
에
오
는
것

⋮

셋이서 아침밥을 먹다가 우연히 결혼에 관한 이야기가 나왔다.

"비슷한 사람을 만나야 편하게 사는 건데…"

그는 말끝을 흐리며 서로 다른 점 때문에 자신도 힘이 들었다는 뜻을 은근히 내비쳤다.

부모 자식이나 형제자매도 다 다른데 남남끼리 맞는 사람이 몇이나 되겠냐며 반박했지만 나 역시 그 말에 동감이었다.

아무리 똑같이 태어난 쌍둥이라도 다른 구석이 있는 게 당연하다지만 그와 나는 다른 행성에서 온 사람들처럼 달랐다. 처음 만났을 때에는 그 다른 부분이 나에게 없는 장점이라 여겼는데 살면 살수록 걸림돌이 되었다.

하다못해 잠을 자는 시간조차 그는 야행성이라 밤늦게까지 컴퓨터를 하거나 텔레비전을 보았고 나는 저녁 일과가 끝나면 일찍 잠자리에 드는 편이었다. 별 것 아닌 문제처럼 보이지만 곤히 잠들었을 때 상대가 부스럭거리는 것이 얼마나 성가시고 신경질 나는 일인지 겪어보지 않은 사람은 모를 일이었다.

음식 역시 그는 조미료가 듬뿍 들어간 것을 원했고 나는 자연의 맛을 고집했다. 그의 음식에 맞추려니 니글니글한 조미료 맛을 보아야 했고 그 역시 내가 좋아하는 자연의 맛에 맞추려면 맛없는 음식을 맛있게 먹을 수 있는 인내심이 있어야 했다.

자연의 맛이란 게 말이 좋아 자연의 맛이지 그의 입맛에는 '마음 놓고 맛없게 만든 음식'일 뿐이었다. 그래서 가끔 그는 내가 맛있다고 들이미는 반찬을 아주 조심스럽게 맛보며 종종 되묻곤 했다.

"이걸 무슨 맛으로 먹는 거지?"

맛있다는 나의 말을 믿을 수 없다는 듯 오만상을 찌푸리며 역겨운 듯 입덧하는 여자처럼 손으로 입을 막곤 했다.

먹고 자는 문제가 다르니 모든 일상사가 조금씩 어긋났고 뿐만 아니라 각자 집안의 문화나 가치관 역시 달랐다. 다른 점을 따지자면 한없이 많아서 나중에는 모른 척 넘어갈 정도였다.

'내가 어리석었지.'

혼잣말처럼 뇌까렸다.

누구를 탓하겠는가.

상대의 다른 점이 장점이 될 거라고 착각한 내가 잘못이지 싶었다. 그는 원래 그런 사람이었고 결혼하면 바뀌겠다고 약속한 적도 없었다.

돌아보니 젊은 시절 나는 어리석었고 누구에게든 맞추어 나갈 수 있다는 자만심으로 가득 차 있었다. 선선천적인 나의 유전자가 엿가락처럼 이리저리 휘거나 의지대로 바뀌어서 상대에게 맞춰질 것으로 생각했으니 참으로 교만한 마음이었다.

더구나 어린 시절 사람들의 칭찬에 익숙해 있었기에 상대의 마음에 드는 일이 그리 어렵지 않다고 여겼었다. 주변의 사람들은 어린 나에게 우호적이었으니까.

그때는 삶이라는 바다로 나가기 전 그물을 간추리거나 배를 정비하며 그저 멀리 보이는 바다를 눈으로 감상하던 시기였다.

하지만 결혼은 거친 폭풍우와 맞싸워야 하는 진짜 항해였다. 진짜 바다, 진짜 삶이었던 결혼은 그물을 간추리거나 배를 정비하던 때와 아주 달랐다.

다른 환경이나 문화에서 살아온 그나 시댁 식구들은 나에게 우호적인 사람들이 아니었다. 잔물결이 시작되었고 거친 파도를 예감하게 되었다.

살아오면서 내가 상대에게 혹은 상대가 나에게 맞춘다는 게 얼마나 어려운 일인지 아니, 거의 불가능한 일이란 것을 실감했다. 그러면서 들었던 생각이 '사람은 바뀌지 않는다'는 다소 절망적이고 다소 다행스러운 결론이었다.

사람은 바뀌지 않기 때문에 나를 변형시켜 상대에게 끼워 넣겠다는 발상이 억지이고 교만이란 것을 알았다. 억지로 나를 바꿀 수 없다는 것이 다행이라면 다행이었다. 절망적인 것은 상대도 바뀌지 않는다는 거였다.

나도 그도 바뀌지 않았다.

아무것도 바뀌지 않았는데 언뜻 보면 서로 많이 바뀐 듯 보였다.

불꽃 튀듯 싸우지 않고 훨씬 여유 있고 부드럽게 넘어갔다. 야생에서 살아남기 위해 보호색을 쓰는 동물들처럼 위장하는 방법을 알게 된 거였다. 결혼을 버티기(?) 위한 편법이었다. 근본적으로 바뀐 게 아니었다.

얘기가 길어지자 그가 껄끄러운 듯 식탁에서 먼저 일어났고 나와 아들이 어질러진 그릇들을 앞에 두고 밍기적거렸다.

아들이 텔레비전 프로에 나오는 연예인 부부의 결혼으로 화제를 돌렸다. 그들도 다른 취향 다른 성격이라 완전히 다르게 살지만 별 문제 없이 산다며 그와 내가 엇갈리며 삐걱거리는 게 특별한 일이 아니라는 위로(?) 섞인 말을 했다.

아들의 말대로 우리가 사는 모습이 보통 부부들이 사는 평범한 모습이라는 것에 토를 달 생각은 없었다. 한편으로 옳은 말이기도 했으니까.

아들과 대화를 이어가다 문득 궁금증이 도졌다.

"너는 부부 사이에 제일 중요한 게 무어라고 생각하니?"

아들이 대답을 준비하기 전에 내가 얼른 말을 덧붙였다.

"아니, 부부뿐만 아니라 사람 사이에 말야…"

느닷없는 나의 질문에 아들은 생각하지 못한 곳을 찔린 듯 선뜻 입을 열지 못했다.

"애정이니 사랑이니 하는 게 중요한 걸까? 아, 물론 중요하기야 하지. 하지만 사랑은 늘 변하는 것이고 이랬다저랬다 변덕스러운 거라고 생각해. 난 믿음이나 신뢰가 더 중요하다고 생각해. 가령 니 주변 누군가가 너의 믿음을 자꾸 깨뜨리면 그게 한 번이 아니고 여러 번이라면 너는 그 사람에게 믿음이 생길까? 믿음이 없는데 사랑이 생길 리도 없고."

아들은 수긍하는 듯 애매한 표정으로 고개를 살짝 끄덕거렸다.

겉으로는 평범해 보이는 그와 나이지만 외줄 타기처럼 위험했던 시기가 있었다. 믿음과 신뢰에 금이 가서 더 이상 온전해지지 않을 것 같았다.

그 후유증은 오래갔고 저 밑바닥에 여전히 앙금으로 남아 있었다. 말간 물 밑에 가라앉은 진흙 앙금처럼 작은 흔들림에도 흙탕물이 되곤 했다. 지금 돌이켜본다고 달라지지 않는다는 것을 알면서도 문득문득 되살아났다.

아들이 식탁에서 먼저 일어났고 나도 대충 일을 마치고 집을 나왔지만 생각은 여전히 아침 식탁에서 나왔던 이야기를 맴돌고 있었다.

믿음, 소망, 사랑. 그중에 제일은 사랑이라… 예수님이 그랬던가.

그중에 제일은 사랑이라며 왜 믿음을 먼저 말했을까.

사랑이 제일 중요하지만 실천하기 어려워서 가장 나중에 말씀하신 것인가.

어쩌면 사랑은 이미 믿음을 바탕에 깔고 있는 것인지도 모른다. 미움이며 불신을 다 감싸 안을 만큼 넓고 큰 것이 사랑이라면 평범한 사람이 실천하기에는 아무래도 버거운 노릇이었다.

나 같은 범인은 엄두도 못 낼 일인 것은 분명했다. 어쩌면 신의 경지 가까이 가야 사랑을 실천할 수 있기 때문에 인간의 노력으로 할 수 있는 믿음이며 소망을 먼저 갖추라고 말씀하신 게 아닐까 제멋대로 해석해 버렸다.

제각기 다른 얼굴 다른 삶을 겪어낸 사람들 속에는 수만 가지의 질문과 답이 있다. 어떤 답을 고르느냐에 따라 삶의 행로도 달라질 것이다. 나는 어떤 답을 선택할 것인가. 나를 위한 답은 어떤 것일까.

한 번 깨진 믿음과 신뢰를 다시 붙일 수 있을까. 허공에 물었다.

흘러간 물을 되돌릴 수 없는 것처럼 깨진 믿음도 되돌릴 수 없겠지.

그때 누군가 나지막이 속삭였다.

용서가 있지.

깨진 믿음을 붙이는데 필요한 것이 용서이지. 깨진 도자기를 접착제로 붙이듯이 깨진 믿음은 용서로 붙이는 거야. 용서가 바로 사랑의 다른 모습이니까. 믿음을 깨뜨린 상대를 용서 하는 마음이나 상대에 대한 미움마저 사랑하는 마음이나 다 같은 거 아니겠느냐고…. 바람이 속삭였다.

　나는 여전히 고집스런 믿음의 단계를 벗어나지 못하고 있었다.

　믿음을 지나 언제 사랑의 단계에 이를 수 있느냐고 바람에게 다시 물었다.

몸무게 같은 너의 존재

⸻

::

"엄마 오늘 안 올 거야?"

휴대전화의 진동음이 몽롱한 잠결을 파고들었다.

꿈인가 싶어 몇 번 뒤척이다가 머리맡을 더듬었다.

밤 12시가 넘은 시각이었다.

이 시각에 웬일이지.

밤에 울리는 전화는 어떤 소식이든 불안감을 주었다.

얼른 휴대전화를 귀에 대니 큰아들 목소리였다.

"지금…? 12시 넘었잖아. 지금 어떻게 가니?"

젖 먹는 갓 난 아이도 아니고 웬 뚱딴지같은 소리냐 싶어 퉁명스럽게 말했다.

"알았어…."

뭔가 실망한 듯 맥없이 전화를 끊었다.

꿀맛 같던 잠이 싹 가시며 참 싱거운 녀석도 다 있다 싶었다.

어릴 때 제 고모네 집에 며칠씩 놀러 가서도 서운하리만치 엄마를 찾는 일이 없던 아이였다. 사촌 형제들과 며칠 놀다 오곤 했었는데 어린아이답지 않게 엄마를 찾는다거나 집에 가고 싶어 하지 않는다며 어른들이 신기해했었다.

잘 적응하는 게 다행스러우면서도 한편으로는 제 엄마가 얼마나 쌀쌀맞게 했으면 어린 애가 저러냐고 남들이 흉을 보는 것 같아 민망했었다. 겉으로는 애가 아무데서나 잘 먹고 잘 적응하니 까탈스럽지 않고 참 편하다고 말했지만 내심 나 없이도 잘 지내는 녀석이 야속하고 괘씸했었다.

그런데 이제 다 커서 집이건 밖이건 혼자 있는 게 더 편할 나이에 단 이틀 집을 비웠다고 골이 난 말투이니 알다가도 모를 일이었다.

한 방에서 주무시던 친정어머니가 아들과 나의 통화를 듣고 잠이 깨신 모양이었다.

"빨리 집에 가 봐야 하는 거 아니니?"

당장 걱정을 하셨다.

편찮으시다는 전화를 받고 어쩔까 망설이다가 혼자 사시는 친정어머니의 처지를 생각하니 며칠이라도 곁에 있어야겠다고 마음먹고 집을 비우게 된 것이다.

결혼해서 집을 떠나온 게 까마득히 오래전인데 실상 친정에 와서 묵은 날은 손으로 꼽을 만큼 적었다.

바쁘다는 핑계와 집안의 대소사가 있다는 구실이었다. 혼자 지내시기조차 힘드실 연세에 요즘은 편찮으시기까지 해서 이대로는 안 되겠다 싶어 이틀 밤을 자게 된 거였다.

달랑 이틀을 못 견디고 골을 내는 아들이라니.

"괜찮아요. 낼 가면 되지…."

무심한 듯 대꾸했지만 친정어머니는 자신 때문에 딸에게 부담이 된 게 아닌가 싶어 신경을 쓰시는 눈치였다. 나 역시 한밤의 느닷없는 전화에 마음이 뒤숭숭했다.

다음 날 병원에 다녀온 후 친정어머니의 상태가 한결 좋아지셨고 어젯밤의 전화 때문인지 어머니는 자꾸 내 등을 밀며 집에 가보라고 했다.

하룻밤 더 자고 가도 된다고 했지만 친정어머니는 과장스럽게 씩씩한 척 돌아다니면서 다 나았으니 얼른 가라고 했다. 못 이기는 척 친정어머니의 말을 듣기로 하고 집으로 돌아왔다.

오밤중에 전화하여 안 오느냐고 묻던 때와 달리 아들은 여느 때처럼 덤덤했다. 아들의 얼굴을 보니 별다른 일이 있는 것 같지 않았다. 굳이 무슨 일이 있느냐고 물어볼 필요도 없을 것 같았다. 무슨 일이 있다면 나를 보자마자 입을 열었을 텐데 말이 없는 것을 보니 별일 아닌 것 같았다.

집안을 돌아보니 단 이틀 만에 폭탄이 터진 듯 쑥대밭이 되어 있었다. 한밤의 전화에 대해서는 까맣게 잊고 난장판을 만든 집

꼬락서니를 보며 잔소리를 해댔다.

까맣게 탄 솥이며 반찬 찌꺼기가 말라붙은 식탁이며 구석구석 널브러진 양말과 옷가지들이 세계대전이라도 치른 모양새였다. 분명 아들 녀석이 전화한 이유가 이 귀찮은 살림살이 때문일 것 같아 물을 필요도 없다고 생각했다.

그리고, 어제와 같은 오늘과 낼과 다름없을 것 같은 오늘이 그렇고 그렇게 흘러갔다.

그러던 며칠 후, 방 청소 좀 하라는 잔소리를 하다가 내가 먼저 지쳐서 그저 도 닦는 심정으로 아들 방을 치우는데 침대 밑에서 하늘하늘한 분홍빛 리본이 달린 작은 상자가 눈에 띄었다.

아기자기하고 곰살맞은 구석이라곤 병아리 눈물만큼도 없는 녀석에게 이런 물건이 있다니 신기했다. 살짝 호기심이 발동했다.

침대 밑에 남의 눈에 띄지 않게 놓아둔 거며 한껏 모양을 낸 상자가 궁금증을 자극했다. 아들에게도 사생활이 있다는 거야 익히 알고 있지만 아무도 보는 사람도 없고 내가 입을 열지 않으면 누가 알랴 하느님과 나만 알면 되는 거 아닌가.

그래서 상자를 당겨 살펴보는데 의외로 수월하게 열리는 거였다. 상자 안에 무엇인가 들어 있던 자리는 휑하니 비어 있고 앙증맞은 카드만 남아 있었다.

'생일 축하해여.'

여자 친구의 선물인 모양이었다.

생일…? 생일이라니…? 그렇다면 아들의 생일… 지나갔다?

전속력으로 달리다가 단단한 기둥에 이마를 들이박았을 때처럼 잘 나가던 생각이 뒤죽박죽 와르르 무너지는 기분이었다. 배는 이미 떠났고 아무도 없는 빈 바다를 향해 부질없는 손짓을 하고 있는 거였다.

어쩌냐.

그 밤의 전화가 그 전화였구나.

아들은 음력 1월 1일 설날 그의 직장 때문에 교육을 받으러 갔던 지방에서 태어났다. 때마침 그 전날 시아버님이 돌아가셨고 그는 본가인 서울로 올라가 있었고 나는 산부인과 병실에 혼자 남아 있었다.

하루 뒤에 친정어머니가 오셨고 그해 설날은 명절 기분을 낼 수도 없는 것은 물론이고 큰일과 큰일이 겹쳐 어떻게 지나갔는지 모르게 지나갔다.

아들의 생일날은 모두들 모여 떡국을 먹고 세배를 하며 이곳저곳 인사를 다니는 날이라 늘 분주하고 정신이 없었다. 설날 준비한다는 핑계로 그 녀석 생일은 뒷전이었고 따로 생일상을 차려 줄 수도 없었다.

그래서 음력 1월 1일 대신 기억하기 좋게 양력 1월 1일을 생일로 정하고 미역국을 끓여 주었는데 저는 제가 태어났던 양력 날짜를 생일로 여긴 모양이었다. 그래도 엄마는 기억하겠지 싶어 전화했던 모양이었다.

밤 12시가 지난 시각 걸려온 아들의 전화에 대한 의문은 풀렸지만 나에 대한 자책이 범칙금 고지서처럼 날아왔다.

한심한 엄마 같으니, 다른 엄마의 일이었다면 돌아서서 흉을 봤겠지만 그 일이 내 일이라니.

내가 양력 1월 1일을 아들의 생일로 정한 것은 기억하기 좋은 날이기 때문이었다. 순전히 나 편하자고 한 일이었다. 제가 태어난 바로 그 날을 생일로 했어야 하는데 나 편하자고 태어나지도 않은 날 아이가 태어난 것으로 만든 거였다.

장가 간 시동생 시누이는 물론 돌아가신 조상들의 제삿날이며 조카들의 생일까지 조각해 놓은 듯 또렷한데 그들보다 훨씬 소중한 아들의 생일은 어찌하여 자꾸 날아가는지 야속했다.

내 기념일을 식구들이 기억하지 못하면 어린 애처럼 야속한 마음이 들었고 나중에는 인간성까지 들먹이며 정이 없고 무심한 사람으로 몰아붙이곤 했던 나 자신이 비춰졌다.

아들의 생일조차 기억하지 못한 나는 무심하고 정 없는 엄마라고 비난받아도 할 말이 없었다.

하지만 구차한 핑계를 대자면 생일, 혹은 기념일을 잊었다고 아들의 존재까지 잊었던 것은 아니라고 말하고 싶다.

내 몸무게를 내가 잊고 사는 것처럼 자식은 그런 존재이기 때문이라고 궁색한 변명을 해 본다.

연속극의 주인공은 아니잖아요

강의실로 들어서니 조용히 자습하던 여느 때와 달리 어수선한 분위기였다.

"무슨 일이세요?"

누구에게랄 것도 없이 강의실을 둘러보며 말했다.

"자서전 쓰기 행사가 있는데 한글반에서도 한 명 참여하래요…."

윤기 흐르는 도토리처럼 다부져 보이는 반장 어머니의 대답이었다.

반장 어머니는 지난 학기에도 복지관에 다녔기 때문에 복지관의 행사며 일정에 밝은 편이었다.

복지관에서는 매년 지나온 삶을 자서전 형식으로 쓰고 그걸 묶어 문집을 만드는 행사를 했다. 그 일에 참여하기 위해서는 일주일에 한 번 복지관에 나와 교육을 받아야 하는데 글을 어느 정도 읽고 쓸 줄 아는 사람이어야 한다는 것이다.

지난해 행사에는 반장 어머니가 참여했는데 올해는 손자를 돌봐야 하기 때문에 나갈 수 없다고 사양하는 중이었다.

"그러니까 재순 씨랑 복희 씨가 나가라니까….'

내가 오기 전에 이 문제로 분분하게 말을 나눈 모양이었다.

반장이 다리가 불편해서 목발을 짚고 등에는 배낭을 메고 다니는 아주머니와 딸기 어머니를 지목했다.

목발 아주머니는 다른 사람이 보기에도 불편하고 힘들어 보였지만 정작 본인은 무엇이 즐거운지 늘 웃는 얼굴이었다. 다른 한 명은 시골에서 딸기 농사를 짓는 딸기 어머니였다. 무공해 딸기잼을 가져와 나눠준 적이 있다.

"난, 난 안되야. 워낙 험하게 살아서… 난 안 되야."

목발 아주머니가 반장의 지목에 놀란 듯 손사래를 쳤다.

"난 손주도 보고 수영도 하고… 그래서 안돼요….'

딸기 어머니 역시 고개를 흔들었다.

딸기 어머니는 우리 반에서 글을 제일 잘 알고 공부 더 해서 '고등핵교도 가고 대핵교도 가겠다'는 꿈 많은 어른이었다.

딸기 어머니의 완곡한 거절에 공은 다시 목발 아주머니에게 넘어갔다.

"내가 글만 잘 알면 누가 시키지 않아도 먼저 나서겠네. 나는 공부만 빼고 다 해 봤는데 공부만 못했어… 계 '오야'를 십육 년을 했었구… 요거… 뺑뺑이도 자~알 해요. 히히."

딸기 어머니와 단짝인 귀걸이 어머니가 둘 사이에 끼어들었다.

찰랑거리는 귀걸이에 머리를 멋스럽게 틀어 올린 외모 때문에 생긴 별명이었다. 그녀가 허공에 집게손가락으로 동그라미를 돌리며 장난스럽게 춤추는 시늉을 했다.

자서전 쓰기 행사에 나갈 사람을 뽑는다는 것도 잠시 잊은 채 귀걸이 어머니의 장난스런 몸짓으로 눈이 쏠렸다.

"예에~?! 계 '오야'를 하셨다구요? 어떻게요?"

나는 귀걸이 어머니의 익살스런 동작도 동작이지만 한글도 모르는 처지에 많은 사람을 모아 계를 했다니 어이가 없었다.

귀걸이 어머니가 했다는 '계'는 간단한 것이 아니었다.

수백만 원씩 돈을 모아 돌아가며 타는 거였다. 해도 그만이고 안 해도 그만인 친목계가 아니라 돈이 걸린 '계'였다. 그런 일을 차질 없이 하기란 글을 알아도 쉬운 일이 아니었다. 그런데 글도 잘 모르는 사람이 어떻게 오랜 세월 동안 그 일을 했는지 놀라울 뿐이었다.

"머리로 다 한 거지요. 기억으로요."

귀걸이 어머니가 자신의 머리를 손가락질하며 으스대듯 말했다.

뒷줄에 앉은 어머니들이 머리가 좋은 거라며 혀를 내둘렀다.

자서전 이야기는 뒷전이 되어 귀걸이 어머니에게 시선이 집중되었다.

귀걸이 어머니는 신이 난 듯 자신이 얼마나 많은 돈을 주물렀으며 춤은 얼마나 빠르게 익혔으며 살림을 어떻게 일구고 불렸는지 구구절절 풀었다. 분위기는 갑자기 귀걸이 어머니의 회고담을 듣는 것으로 흘러갔다.

"해 봐!"

그때 반장 어머니가 딴 길로 흘러갔던 이야기를 제자리로 돌리듯 목발 아주머니를 재촉했다.

"안 되야! 나는 너무 험하게 살아서 안 된다니까~!"

묵묵히 귀걸이 어머니의 이야기를 듣던 목발 아주머니가 자꾸 권하는 반장 어머니를 못마땅하게 쳐다보았다.

나 역시 반장 어머니의 지목이 아니더라도 자서전을 쓸 만한 사람으로 목발 아주머니가 제격이라고 생각했다.

나이 들어 한글반에 나오는 노인들치고 굽이굽이 얽힌 인생살이의 사연이 없을 리 없었다. 한글반에 나오는 노인들뿐 아니라 어려운 시대를 건너온 사람들이라면 아무리 평탄한 삶을 살았다고 해도 눈물 나는 사연 한두 가지 없는 사람이 없을 것이다.

그 중에도 목발 아주머니 같은 사람은 배우지 못한 장애 여인이었다. 우리 사회의 약자라고 불릴 만한 조건은 다 가지고 있었으니 살아내기가 녹록지 않았을 게 뻔했다.

하지만 정작 목발 아주머니는 다른 사람들이 살면서 겪은 고생이나 억울한 일을 무심결에 내비치며 눈물 지을 때에도 자신의 지난 일에 대해 단 한 마디도 내비치지 않았었다.

목발 아주머니는 사람들이 보내는 재촉의 눈길을 받으면서도 자서전 쓰기를 승낙하지 않았다. 목발 아주머니가 승낙만 하면 곧 수업에 들어갈 수 있고 한글반에서 해결할 일은 끝나는 것이라 나는 목발 아주머니가 빨리 마음의 결정을 하도록 말을 보태며 은근히 압력을 주었다.

"우리가 서울에서 부산까지 갈 때 고속도로로 쭈욱 가면 재미가 있을까요? 없을까요? 산길도 보고 물길도 보며 가야 재미있는 거 아닐까요? 여러분들이 좋아하는 연속극도 평범하고 평탄한 사람들의 얘기보다는 굽이굽이 얽히고설킨 삶을 산 사람들의 얘기가 재미있는 거처럼 사람의 인생살이도 마찬가지잖아요?"

나는 노인들의 관심을 끌 만한 연속극 이야기를 꺼냈다.

노인들을 쉽게 이해시키는 데 연속극만 한 게 없었다. 연속극 이야기를 하자 분위기가 풀어지며 요즘 인기 연속극에 나오는 악한 배역을 성토하며 열을 올렸다. 그리곤 선한 배역이 겪는 갖은 고초에 혀를 차며 그렇게 고생을 하니 곧 좋은 날이 올 거라며 결말까지 점을 쳤다.

이 틈을 놓치지 않고 나는 다시 말을 이었다.

"연속극의 주인공들 보세요. 모진 고생을 하지만 결국 좋은 날이 돌아오잖아요. 주인공에게 좋은 일만 생기고 행복하기만 하다면 무슨 재미가 있겠어요? 그러니 험하다 험하다 하지 마시고 써 보세요. 험하고 고생스러우면서도 이렇게 살아냈으니 얼마나 자랑스러우세요. 다들 감동할 거예요."

번지르르하게 말을 하고 목발 아주머니의 표정을 살폈다.

사람들의 시선이 목발 아주머니를 주시했다.

목발 아주머니는 생각에 잠긴 듯 심각해 보였다.

복지관에서 요구하는 자서전이 거창하고 대단한 이야기를 쓰라는 게 아니라 살아온 이야기를 간단하게 쓰면 되는 거였다. 그런데도 힘들어하는 목발 아주머니를 보니 내가 무엇인가 잘못 한 게 아닐까 싶었다.

어쩌면 나의 얄팍한 호기심 때문에 목발 아주머니에게 자서전 쓰기를 권하고 있는 것 같아 뒷맛이 개운치 않았다.

그럴듯한 말로 누군가의 아픈 삶을 이야깃거리로 삼으려는 것은 아닐까.

연속극의 주인공처럼 사람들에게 재미를 주기 위해 인생을 사는 사람은 없다. 누군가에게 감동과 재미를 주기 위해 삶을 사는 사람이 어디 있으랴.

어쩔 수 없이 그물에 갇히고 올가미에 걸린 듯 발버둥 쳐도 도리 없다는 것을 알기 때문에 그냥 받아들게 되는 것이고 견디는 거였다. 누군가에게 재미를 주고 남들에게 보이려고 사는 게 아니었다.

감동스럽고 흥미로워 보이는 누군가의 삶이 그들 자신에게는 어쩔 수 없는 함정이나 올가미이고 깊은 상처일 터였다.

입에 발린 감탄이나 얄팍한 호기심보다 무심한 듯 던지는 '수고했다, 고생 많았다.'는 진심어린 말 한마디가 더 큰 위로가 아닐까 싶어 차마 더 권할 수가 없었다.

네 인생의 선물세트

：
：

　수험생들끼리 정보를 공유하는 카페에 아들 몰래 내가 가입을
한 적이 있었다.

　수능점수 몇 점인데 어느 학교를 지원하면 가능성이 있느니 없
느니 하며 지네들끼리 정보를 공유하는 인터넷 카페였다.

　나 역시 수험생인 척하며 걔네들의 이야기를 기웃거렸다. 대개
이곳에 가입한 애들이 고만고만한 점수를 받은 처지들이었다. 월
등한 점수를 받은 애들이라면 이 눈치 저 눈치 볼 필요 없이 소신
껏 원서를 쓰면 되니까 굳이 이 카페를 들락거릴 필요가 없었다.

　어떤 수험생이 자신의 낮은 점수를 공개하며 지원 가능한 학교
를 문의하는 글을 올렸다. 자신의 점수를 몹시 부끄러워하는 게

얼굴은 보이지 않지만 볼이 빨개졌을 것 같았다.

그 밑에 다른 애들이 이런저런 댓글을 달며 제 일인 양 어느 학교가 가능하다는 둥 아니라는 둥 하며 정작 본인은 말이 없는데 나그네들이 열을 올리고 있었다. 사례를 올린 아이의 점수와 아들의 점수가 비슷한 터라 나 역시 무슨 정보라도 얻을 수 있을까 싶어 열심히 댓글을 읽다가 맥이 탁 풀리는 글귀를 발견했다.

'인생 뭐 있쓰요… 다 그렇지….'

점수를 부끄러워하는 사례자에게 위로 삼아 하는 댓글인데 이제 스무 살이 될까 말까 한 아이들일 텐데 다 살아버린 듯 허허로운 말투였다.

선물 포장을 열기도 전에 그 선물이 별 것 아니라는 것을 이미 알고 기대를 저버린 듯해서 씁쓸한 느낌이 들었다.

어릴 적에 종합선물세트를 받은 적이 있다.

가족들이 사 주는 것은 대개 봉지에 든 사탕이나 과자이지만 멀리서 오는 손님이나 오랜만에 들르는 친척들이 조금 신경을 쓸 때 주는 선물이 종합선물세트였다. 손으로 꼽을 정도로 흔하지 않은 일이었다.

과자, 사탕, 껌 따위가 상자 안에 들어 있고 그 당시 유행하던 만화 주인공이 커다란 상자에 근사하게 인쇄되어 있었다. 어린 마음을 사로잡는 것은 상자 안에 든 사탕이나 껌이 아니라 겉에 그려진 그즈음 유행하는 만화의 주인공 그림이었다.

물론 사탕이나 과자가 관심 밖이었다는 말은 아니다. 주전부리가 귀하던 시절이라 고급스런 과자며 사탕도 좋았지만 오래 가지고 놀 수 있는 만화 주인공이 그려진 상자가 더 매력적이었다.

남자애들은 로봇이 나오는 만화의 그림이 그려진 것을, 여자애들은 순정만화의 여주인공이 나오는 그림을 원했다. 속에 든 과자며 사탕을 다 먹고 난 후에도 종합선물세트의 빈 상자는 오랫동안 머리맡이나 책상 위 또는 엄마가 예쁜 그릇을 진열해 놓는 찬장 한 자리를 차지했다.

그렇게 텅 비어버린 상자를 보고 있노라면 새삼스럽게 안에 들어 있던 과자며 사탕이 그리 많지 않았다는 것을 깨닫곤 했다. 언니나 오빠가 받은 것이 더 크고 알찼던 것 같아 왠지 잘못 고른 것 같은 생각이 들곤 했었다.

이런 마음은 종합선물세트를 받을 때마다 되풀이되었다. 다음 해도 그랬고 그다음 해에도 그런 마음이었다. 내 것은 하나가 빠진 듯 부족하게 느껴졌다.

스무 살짜리의 '인생 뭐 있느냐'는 글을 보고 있노라니 '종합선물세트' 안의 몇 개 안 남은 과자며 사탕을 아쉽게 만지작거리던 어린 시절이 생각났다.

흡족하게 먹지도 못했는데 상자는 벌써 바닥을 드러냈고 마치 내 선물을 도둑맞은 듯 허전했었다. 그나마 남은 것들도 내가 원하던 맛인지 아닌지 알 수 없었고 내가 싫어하는 것만 남았다고 해도 받은 선물을 무를 수는 없었다. 받을 때의 기쁨과 빈 상자가 되었을 때의 아쉬움은 어린 시절 내내 예정된 코스처럼 돌고 돌았다.

누구든 인생이라는 종합선물세트를 받는다.

맛없는 것을 먼저 먹는 사람도 있고 맛있는 것을 나중에 먹는 사람도 있다. 무엇을 먼저 먹고 나중에 먹든 상자 안의 선물은 정해져 있는데 왠지 다른 사람이 받은 것이 더 좋아 보이고 내 것은 한두 개 빠진 듯 부실하게 보였다.

오랫동안 혼자 살고 있는 한 여자가 생각났다.

그녀는 재혼을 꿈꾸는 재혼 적령기(?)의 나이 든 여인이었다. 재혼에 적령기가 어디 있겠느냐마는 건사할 자식이나 식구가 대강 정리(?)되는 무렵이 적령기라면 적령기일 터였다.

주변에 좋은 남자 있으면 소개하라고 대놓고 주문하지만 나는 언제나 혼자 살라는 답변을 했다. 결혼도 해봤고 자식도 낳아 봤고 이혼도 해 봤으니 남은 생은 자신을 위해 혼자 살라고 주제넘은 충고를 하니 어느 날 여자가 불쾌한 낯을 했다.

혼자 살아보지 않아서 그렇다며 혼자 사는 외로움을 아느냐고 되물었다. 나의 답변이 자신의 처지를 조금도 이해하지 못하는 것 같아 몹시 서운한 모양이었다. 어쭙지 않은 충고가 오히려 상대의 아픈 곳을 덧나게 한 것 같아 입이 떼어지지 않았다.

하긴 그 입장이나 환경이 되어 보지 않고 상대를 이해하기란 쉬운 일이 아니라는 말에 수긍이 갔다. 하지만 여자가 말하는 외로움이란 혼자냐 둘이냐의 문제가 아니라고 생각했다. 둘이 있을 때 더 외롭고 쓸쓸할 때도 있지만 여자에게 설명할 생각은 없었다.

여자는 혼자 살고 있는 자신의 처지며 뒤늦게 재혼하려는 이유에 대해 장황하게 늘어놓았다. 혼자 사는 동안 겪었던 서러운 일들이며 고단한 삶을 한동안 풀어냈다. 그 나름대로 이해가 되었고 그럴듯했다.

여자는 남자와 살아야 삶이 온전해지고 행복해진다고 믿는 것 같았다. 어차피 남자든 여자든 불완전한 존재이니 둘이 모였다고 완전해지는 것도 아니었다.

세상에 완전이란 없고 어차피 누가 누굴 만나든 불완전한 것이 정상이라고 믿는 나 같은 사람에게 여자의 재혼 이유는 이해는 되지만 와 닿지 않았다.

나의 미진한 마음을 읽었는지 여자가 덧붙여 말했다.

세상에는 거창한 논리나 이론으로 따질 수 없는 문제가 있다고 했다. 그냥 외로워서 누군가의 숨소리를 곁에서 느끼고 싶다는 이유 때문에 재혼할 수도 있는 거라고 했다. 사람의 마음은 수학 문제가 아니기 때문에 이유 없이 그냥 그럴 수도 있다는 거였다.

여자의 말에 나도 모르게 고개를 끄덕거렸다.

여자의 이유 같지 않은 이유와 논리답지 않은 논리가 오히려 설득력이 있었다.

여자는 결혼 생활이 불행했고 그래서 절망했고 더 이상 견딜 수 없다고 여겨 이혼했다. 이혼했을 때 아이들은 학교에 다니고 있었고 빈털터리나 마찬가지였고 이 모든 것들을 혼자 짊어져야 했다.

그 자리에 고꾸라져 다시 일어나지 못할 것 같았는데 씩씩하게 일어났고 그 시간을 무사히 빠져나왔다고 했다. 이제 조금 여유가 생겼고 자신을 돌아보게 되었다고 했다. 그래서 재혼을 결심했다는 거였다.

남들이 하는 것, 남들이 누리는 것, 남들이 가진 것을 자신도 가져야겠다고 했다. 여자에게 더 무슨 말을 하랴.

누구든 자신이 받은 종합선물세트가 다 마음에 드는 것은 아니다. 대개의 사람들은 자신의 것보다 옆 사람의 것이 더 크고 알차 보일 것이다.

그래서 인생이 불공평한 것 같고 억울하기도 할 것이다. 내가 제일 좋아하는 사탕은 너무 조금 들었고 과자는 맛이 없고 초콜릿은 싸구려에다가 상자에 그려진 만화 주인공도 내 취향은 아니다.

그래서, 그래서 어쩔 것인가.

이미 받은 것을 돌려주겠는가.

누구에게 어떻게?

돌려주려 해도 발신인 불명인데 어쩌란 말인가.

사는 동안 자신이 받은 종합선물세트에 대해 마냥 불평불만만 하다가 시간을 보내겠는가. 그렇게 불평불만 해서 누가 손해를 보는데?

자신이 받은 종합선물세트가 부실해 보여서 남들이 가진 것, 남이 누리는 것을 남들처럼 갖고 누려야겠다고 한 그 여자와 스무 살 답지 않게 인생이란 게 별 것 없는 거라고 자조 섞인 말을 뱉는 수험생을 떠올려 보았다.

어릴 적 나는 다른 사람이 받은 종합선물세트가 내 것보다 크고 화려해 보여 부러워하곤 했었다. 종합선물세트를 받고 가장 기뻤던 순간은 상자를 열기 전까지가 아니었을까.

크고 화려한 상자를 어루만지며 아른거리는 행복을 그렸지만 막상 열어보니 맛있는 과자는 너무 적고 아무리 아껴 먹어도 늘 부족했고 다른 이의 선물 상자는 언제나 나의 것보다 근사해 보였다.

하지만 종합선물세트는 누구의 것이든 조금 아쉽고 부족하기 마련이었다. 그 부족하고 아쉬운 것들은 누가 채워 주는 것이 아니라 내가 채워야 하는 것이란 것을 이제 조금 알 것 같았다.

짝퉁은 진태의 엄마

……

녀석이 봄옷을 사겠다고 돈을 달라고 했다.

학교를 다녔으면 한창 멋을 부리며 미팅이다 동아리다 뛰어다녔을 것인데 나른하고 지루한 일상을 보내며 군대갈 날을 기다리는 것을 보니 안쓰러운 생각이 들어 군말 없이 돈 몇 푼을 쥐여주었다.

"싸구려 옷 사지 말고 하나 사더라도 제대로 된 거 사라!"

내 당부에 녀석이 피식 웃었다.

지난번에 산 보라색과 자주색 바지가 생각난 모양이었다.

올 겨울 녀석과 외갓집에 다녀오던 길에 벼룩시장에 들렀었다. 온갖 잡동사니들을 파는 중고 시장이었는데 물건을 사는 것 보다 구경하는 재미가 쏠쏠해서 가끔 찾는 곳이었다.

어떤 사람의 눈에는 다 떨어진 고물이지만 다른 누군가에게는 요긴한 물건이 되기도 하고 어느 땐 상표만 들으면 다 아는 명품이 발밑에 굴러다니기도 했다.

물론 그 명품이 진짜인지 가짜인지 알아내려고 하는 사람도 없고 중요하게 생각하지도 않았다. 설령 그것이 진짜라고 해도 지금은 구식이 되고 낡아빠져서 거저 준다고 해도 거절할 만큼 하찮게 취급되었다.

이 시장에서는 명품이니 가품이니 하는 것이 별 의미가 없었다. 어느 땐 진품보다 더 진품 같은 물건이 나오기도 하고 백화점에 있을 법한 제법 고급 티가 나는 것뿐 아니라 서슬도 닳지 않은 새것도 심심치 않게 보였다.

시장을 돌아다니는 사람들에게 중요한 것은 진품 가품이 아니라 나에게 필요한 것을 찾아내는 것이었다.

마침 외가에서 돌아오는 길에 들를 수 있는 곳에 벼룩시장이 있어서 녀석에게 함께 가자고 했더니 궁금했는지 따라나섰다.

시장을 대충 둘러보고 나더니 벌레 씹은 표정으로 먼저 가겠다고 했다. 녀석이 흥미를 느끼지 못할 거라 예상은 했지만 너무 빠른 반응이었다. 세월의 때가 낀 낡은 물건들이 녀석의 관심을 끌기에는 무리이리라 짐작이 갔다.

며칠 뒤 녀석이 외출하려는지 옷을 차려입고 나왔는데 아무리 좋게 보아주려고 해도 눈에 거슬려 보이는 보라색 바지를 입고 있었다.

그냥 넘어가려다가 너무 눈에 거슬리는 차림이라 언제 산 거냐고 물었더니 벼룩시장에서 샀다는 거였다.

"벼룩시장?"

나도 모르게 말꼬리가 올라갔다.

벼룩시장에서 흥미 없다는 듯 벌레 씹은 표정을 하던 며칠 전이 떠올랐다. 재미없고 지루해 했던 태도로 보아 그 시장의 물건을 샀다는 게 믿어지지 않았다. 앞뒤가 맞지 않는 행동이 의아스러워 멀뚱하게 쳐다보았다.

내 눈길의 의미가 무엇인지 알아챘는지 녀석이 그 시장에서 샀지만 중고가 아닌 신품이고, 알만한 애들은 다 알고 있는 '메이커'라며 변명 아닌 변명을 했다.

메이커도 메이커 나름이지 섣불리 소화할 수 없는 보라와 자주색 바지를 입는 녀석의 정신세계(?)가 궁금할 지경이었다.

흔히 남의 시선을 받고 싶은 사람들이나 입을 법한 색깔인데 독특한 녀석의 취향을 어떻게 받아들여야 할지 난감했다.

"야! 연예인이냐?"

남의 자식이라면 개성 있다고 말했겠지만 녀석에게는 그럴 수가 없었다.

"그냥 한 번씩 재미삼아 입는 거예요~."

녀석이 피식 웃었다.

"옷이라는 게… 몸을 보호한다는 단순한 의미만 있는 게 아니잖냐? 옷은 그 사람의 내면을 표현하는 수단이기도 한 거 아니냐?"

고리타분하게 되지도 않는 개똥철학을 풀었다. 녀석은 내 반응 따위는 대수롭지 않다는 듯 귓등으로 흘렸다.

그날 이후로도 녀석은 그 바지를 입곤 하는데 이상스러운 것은 처음에는 그리도 요상해 보이던 바지가 이젠 별로 거슬리지 않았다.

적응된다는 게 이런 것인가. 아니면 색깔이나 모양에도 중독성이 있어서 중독되어 버린 것인가.

그때 일이 문득 생각나서 당부하는데 녀석도 그 일을 기억하는지 고분고분 고개를 주억거렸다. 그렇게 하고 나간 녀석이 늦은 저녁 무렵까지 돌아오지 않길래 옷 사는 거야 그저 하기 좋은 구실이고 바람 쐬려는 거겠지 하고 말았다.

녀석은 저녁 시간이 지나서야 돌아왔다.

밖에서 무슨 일이 있었는지 나갈 때와 다르게 밝고 유쾌해 보였다.

"저녁은?"

녀석을 살피며 물었다.

"먹었어요."

건성 대꾸했다.

"옷은?"

아래위를 훑어보는데 나갈 때 행색과 뭔가 달라 보였는데 눈에 확 띄지 않았다.

찬찬히 살피니 점퍼 안에 못 보던 검정 후드 티가 보였다.

"이거 산 거야?"

검정 후드 티를 가리키며 물었다.

의외로 너무 평범하고 밋밋한 옷이었다. 보라나 자주색 바지를 입는 녀석이 고른 옷치고는 극과 극으로 달랐다.

"네."

녀석이 고개를 숙여 제가 입은 후드 티를 내려다보며 대답했다.

"이쁘네… 잘 어울린다."

예쁘다고 한 것은 그나마 튀는 색이 아니라 아무 옷에나 입어도 괜찮을 것 같아서였다. 그런데 가슴 안쪽으로 언뜻 영문 이니셜이 보였다. 유명 상표의 로고가 아니라 단순한 영문 이니셜이었다.

"이거 체육복이에요…."

내가 영문 이니셜을 유심히 보는 것을 알아챘는지 녀석이 계면쩍게 웃었다.

"체육복? 무슨 체육복?"

입학도 못한 애가 체육복이라니 대체 무슨 말인지 이해가 되지 않았다.

"OO대학교요…."

쑥스러운 듯 머리를 긁적거렸다.

"그럼, 너 OO대학교 가서 산 거야?!"

놀란 눈으로 바라보았다.

"에…."

같은 서울 안이지만 OO대학교는 우리 동네에서는 지하철을 타도 한 시간 정도 걸리는 곳이었다. 그 대학교까지 가서 체육복을 사 오다니.

잠시 멍한 기분으로 녀석을 바라보았다.

그 대학교는 녀석이 가고 싶어 하던 학교였다. 대단한 명문은 아니지만 녀석은 그 학교를 가고 싶어 했다. 그 학교 학생이 되지 못했으니 체육복이라도 입으려는 것인가.

"너 그 학교 학생인 척 하려구 그러는 거냐?"

녀석의 아픈 부분을 굳이 후벼 파고 말았다.

내 말에 녀석이 크크크 웃었다.

"남들이 그렇게 생각할 만큼 대단한 학교 아녜요…."

그 학교의 학생인 척할 만큼 그렇게 대단한 위상의 학교는 아니란 뜻이었다.

말은 허풍스럽게 하지만 바라보기만 하고 못 들어간 학교이니 남들이 어떻게 생각하든 녀석에게는 높아 보일 거였다.

한편으로는 씁쓸하고 한편으로는 어이가 없어서 녀석과 후드 티를 번갈아 쳐다보았다.

옷은 진품인데 사람은 가품인 셈이었다.

가짜 옷은 벗어 버리면 그만이지만 가짜 사람은 허물을 벗을 수도 없는 거라고 생각했지만 차마 녀석에게 말할 수가 없었다.

하지만 진품도 하루아침에 진품이 되는 것이 아니었다.

수많은 낮과 밤을 진품이 되기 위한 가품의 과정을 거치고 또 거쳐 진품에 이르게 되는 거였다. 가품의 과정이 없다면 진품이

탄생할 수 있을까.

　지금 녀석은 진품으로 가기 위한 가품의 과정을 겪고 있는 것이고 마침내 진품에 이를 것이라고 믿고 싶었다.

에
필
로
그 ————

·····

쓰는 일은 매정한 연인을 짝사랑하는 것처럼 차고 쓴 것을 견디
는 일이었습니다.

그런데도 포기하지 못했던 것은 그 지독한 애증이 실상은 내 안
의 또 다른 나를 끌어안는 행위였기 때문이었습니다.

맹목적인 갈망… 그 행위의 산물들이 하나, 둘 그리고 셋, 넷 다
시 더 여럿이 쌓여갔습니다.

문득 절집 한 귀퉁이에 조그맣게 쌓아놓은 돌무더기가 생각났습
니다.

돌무더기 위에는 작은 애기 부처들이 옹기종기 놓여 있었고 누
군가 향과 초를 피워놓았습니다. 세상에 태어나지 못한 태아의 영
혼들을 위한 무덤이었습니다. 태아령. 그 의미를 아는지 모르는지
수많은 발길들은 그 앞을 무심히 지나쳐갔습니다.

누구든 자기만의 이야기, 자기만의 사연이 있습니다.

자기만의 이야기이지만 누군가와 나눌 수 있는 누구나의 이야기가 되기도 합니다.

누군가를 어루만질 수 있고 누군가의 마음을 다독거릴 수 있고 누군가 고개를 끄덕거리게 할 수 있다면 미련스럽게 버텨온 시간이 헛되지 않을 것 같았습니다.

세상에 빛을 보지도 못하고 사라진 태아의 영혼들을 다시 생각했습니다.

세상의 빛을 본다고 모두 빛나는 생을 사는 것은 아니지만 '생'의 기회조차 주지 않는 것은 야박하고 슬픈 일입니다.

글에게도 생명이 있다면 내 속의 저 작은 것들은 태어나지도 못하고 사산(死産)되겠구나.

세상의 햇살을 느낄 수 있는 기회조차 얻지 못하는 거구나.

흩어져있던 영혼들을 주섬주섬 집어 들었습니다.

시간을 간추리듯 그것들을 차곡차곡 정리했습니다.

그리고.

한번 태어나 보라고 꼬드겼습니다.

태어나지도 못한 채 죽을 수는 없지 않느냐고 부추겼습니다. 세상에 나올 수 있는 기회 정도는 주는 것이 최소한의 예의 아니겠느냐고 항변했습니다.

더 넓은 세상으로 나가라고 등을 밀었습니다.

어떤 생이 기다릴지 알 수 없습니다.

찬란하게 빛날지 차가운 눈초리를 받을지 누구도 모릅니다.

모르니까.

해 볼 만한 겁니다.

세상의 비밀들을 이미 다 알고 있고 처음부터 결론이 보인다면 비밀을 풀어가는 신비한 경험도 맛볼 수 없고 태어나는 의미도 무

의미할 것입니다.

　창문을 활짝 열고 하늘 속으로 날아가는 내 영혼의 뒷모습을 바라봅니다.

　훨훨 날아가서 누군가의 등을 두드리는 손길이 되어 주면 좋겠어. 태어나서 고마워.

　찬란한 햇살을 향해 손을 흔듭니다.

　　　　　　　　　　　2020년 시월의 어느 멋진 날에